98 SEGUNDOS
SIN SOMBRA

98 SEGUNDOS
SIN SOMBRA

GIOVANNA RIVERO

www.suburbanoediciones.com

@suburbanocom

1.

La mejor parte de mi vida son las mañanitas, cuando camino sola las dos cuadras que separan mi casa de la parada del autobús escolar. Siempre pienso en cuánto odio a mi padre y en cómo nuestras vidas, la de mamá y la mía, y claro, la de Nacho, podrían convertirse en algo fantástico, una fábula, tan solo si él tuviera la decencia de morirse. Si alguien me pregunta por qué odio tanto a papá, no puedo explicar las razones. No es malo, no exactamente… Lo odio por intruso. Es un extraño. Y sí, es cierto que él estaba antes de que yo naciera, por una cuestión de secuencia, pero tengo la súper certeza de que es un intruso. Inés entiende cuando digo estas cosas. Ella misma se siente una intrusa y dice que un día va a regresar al lugar donde realmente pertenece, aunque descubrirlo, saber cuál es ese sitio, le tome la vida entera. Sin embargo, Inés dice también que todo pasará al ser jóvenes en serio, no "capullos", como nos llaman las monjas; por lo menos hace tres años que científicamente hablando ya no somos púberes, dice, y esa palabra me estruja el estómago. Púberes. Una esdrújula patética que comienza con "pu". Inés sospecha de todo lo que comienza con "pu": pus, puerta, púa, puerca, purga, puñado, puta. Pútrido todo. Igual, me encanta cuando entrecierra los ojos y se pone a hablar como una poseída: Esta edad, dice Inés, es difícil, es dura, es patética, es un infierno. Todo cambiará cuando salgamos bachilleres y entonces tengamos que largarnos juntas a estudiar en alguna universidad del interior. Para eso falta un año y cuatro meses. Estoy de acuerdo, las cosas cambiarán, no sé cómo, no sé si algo verdaderamente importante le pasará a la mente, al espíritu, al ánima, cuando por fin se termina la esclavitud escolar.

Papá no es como los otros padres, cancheros, orgullosos de sus niñas, casi enamorados. Padre es un señor que está aquí por accidente. Una vez, cuando yo era chica, Padre quiso suicidarse con la soga de la hamaca, pero la soga estaba podrida y terminó soltándose. Fue un desastre total. Se le dañaron las cuerdas vocales (desde entonces Padre habla con esa ronquera enfermiza que Inés considera sexy) y se le brotó mejor, como un huevito recién cagado, el bulto de la nuca. Pocas veces he puesto mi índice en ese bulto, me revuelve el sistema digestivo y más abajo, y no puedo decir que es asco. Siempre tengo problemas para saber con exactitud lo que siento. Uno puede decir asco cuando se trata de curiosidad. Una curiosidad horrible, el deseo de que ese bultito funcione como una humilde bola de cristal opaco y me cuente algo de Padre que yo no sé, algo que podría reconciliarnos. Algo mío a través suyo. *What planet is this?*

Al principio yo le tenía pena a papá, me sentía culpable, aunque no sabía exactamente por qué. Dos veces hice penitencias por no saber o no poder quererlo. Inés me acompañó en esas penintecias. A pan y agua, lo juro. Hambrear la entusiasma más que tomar Coca Cola con aspirina; la pone en estado de santidad psicodélica. En mi caso, lo único que hizo ese vacío en la panza fue despertar voces, como esos rugidos de ultratumba que brotan de los discos cuando hacés que la púa los raye al revés. ¿Eran mis propios mensajes subliminales? Oh, sí.

Desde hace un tiempo creo que Padre es simplemente

un cobarde. Mamá le ha dicho infinidad de veces que tenemos el chance de irnos a Italia, tenemos derecho a pasaportes italianos aunque solo sepamos decir "espaguetti". Allá trabajarían de lo que sea para darnos una mejor calidad de vida. ¿Qué dejaríamos atrás? La casa con las paredes descascaradas. El olor feroz de la zafra que nos invade en las madrugadas como un fantasma en hedionda pena. El río amenazándonos cada vez que se desploma un turbión. Eso. Pero a papá el mundo le hace orinarse en los calzoncillos. Irse es de "vendepatria", se excusa. "Irse es de yanquis".

Siempre he sabido que yo no soy la hija que Padre anhelaba, él quería un chico, y para lo que me importa. Hay que verlo cuando me acerco a poner la mesa o a ayudar con las cosas de Nacho, ¡podría calcinarme con la mirada! No le deseo una muerte dolorosa, lenta, no es eso, bastaría con una soga en perfectas condiciones, estoy harta de que vivamos fingiendo. Madre no me conoce bien, no puedo mostrarle mi verdadero ser. Nadie me conoce. Y a decir verdad, yo tampoco entiendo mucho a Madre. No terminó la escuela porque se empreñó justo un año antes de graduarse, de mí, de mi existencia; tuvo que asistir a una secundaria nocturna para adultos y desde entonces, según yo, asocia el estudio con la luna y el ocultismo. Sin embargo, eso debe ser lo que nos ha mantenido unidas, a pesar de que no siempre me gusta lo que en verdad hay debajo de sus vestidos, de su carne. A las dos nos encanta el cielo. El cielo de noche. A eso yo le llamo una "paradoja".

Desde que Nacho nació, Padre y Madre casi no hablan en el almuerzo. Nadie habla. Metemos nuestras narices en el fideo y solo las levantamos para tomar agua. De a ratos alguna tos endemoniada de Clara Luz o las canciones collas que la niñera le canta a Nacho, pese a que Padre detesta lo colla. La palabra que más odia es "guagua", y también "imilla", las dos cosas que la niñera repite novecientas veces al día, lo cual demuestra que no es difícil domar a mi padre, solo hay que tener voluntad y ovarios y no estoy segura de que Madre tenga lo primero. Y lo segundo sin lo primero solo sirve para darle descendencia a un hombre. "Descendencia" es la palabra que las monjas utilizan para referirse al acto sexual. Todos venimos de ese acto, ¿pueden creerlo? Solo los extraterrestres se reproducen de otra manera. Entre nosotros ya hay ese tipo de seres, criaturas depositadas por arcas celestiales en lugares remotos y que se han mezclado con esta civilización sin hacer mucho escándalo. No van a venir a decirte con toda la frescura del mundo: "Hola, me llamo Beta u Omega y soy extraterrestre". Eso sí sería una gran estupidez. Los extraterrestres se portan igual que los comunistas: melancólicos, silenciosos, nostálgicos, contradictorios, como Padre.

Le he suplicado a mamá, al borde de los estigmas, que se divorcie, no es tan malo, no te va a salir un salpullido ni nada que realmente te marque. Si caminás por la calle es imposible que alguien diga: "esa mujer es divorciada". La propia tía Lu es una mujer divorciada y todo el mundo le sigue diciendo "señora", lo cual la pone de un humor brutal. Son otras las maldades que se notan en una cara. Robar, por ejemplo. Tenés la R de ratera, de rata, de roñosa tatuada en la frente. Además, no soy tan injusta como podría pensarse. Yo no dejaría a mamá parada en medio del desierto. Le aseguro que mi amor le bastará para enfrentar los problemas, le juro de corazón que no estará sola.

¿Y qué dice ella? Cuando no se queda callada elige su famosa explicación de la "etapa". Todo es una etapa, crecer, estar triste, asfixiarte. "Etapa" o "estación" son sus disculpas favoritas, probablemente porque cuando era una muchacha su padre, mi abuelo italiano parecido a Papá Noel, la hacía responsable de los cultivos. Y luego dice *futuro*, futuro, habla de mi vida, cree que es suya, y no puedo evitar pensar en pájaros estallando en el cielo. Yo quiero *este* momento.Yo sé que mis deseos matutinos son engendros, anhelos deformes que ningún Dios habrá de cumplir. Una hija ama, una hija respeta, una hija no echa tierra en la cara, pienso, mientras pateo piedritas.

Es lindo ver cómo rebotan, las piedritas, pretendiendo por unos milisegundos que no tienen peso, que son inmunes a la ley de la gravedad. Una piedrita chica batalla contra la ley de Newton por casi un segundo.

Cuando tengo suerte consigo que la misma piedrita llegue hasta la esquina. La acomodo junto a las piedritas de otras mañanas en el poste del cartel que dice: "Bus Escolar Escuela Salesiana María Auxiliadora". Así, amontonadas, parecen sepulcros en miniatura. Y es que, seamos sinceros, Marzziano, el de Físika, en eso tiene toda la razón del mundo: el universo podría condensarse en un punto... si supiéramos cómo. Quizás el tamaño de los sepulcros que yo construyo con las piedritas sea el que se necesite, por ejemplo, para las hormigas, los alacranes, las cucarachas y todos esos invertebrados por los que no podemos sentir compasión. Quizás, sin querer, con la constancia de mis tenis, he creado un universo donde también hay amor, corazones rotos y "lucha de clases", como le encanta decir a Padre cuando comenta sobre cualquier cosa que parezca una pelea, así sea un partido de fútbol.

Cuando estoy yeta, ninguna piedrita quiere acompañarme. Los tenis se me empolvan a la huevada y pienso que así mismo se debe sentir Padre los días que pierde en el cacho. Él dice que no juega "en serio", solo monedas. Dados inútiles atropellándose. El juego es un acto subversivo, dice, no hay inversión, no hay ganancia, solo apuesta. Perder es un acto subversivo, ha llegado a decir con su voz monstruosa, rascándose el bultito, porque eso lo tranquiliza. Madre se sulfura y grita y se calma y dice que con diez monedas puede comprar de contrabando un tarro de leche en polvo para Nacho. Y es que esa leche especial viene en un tarro petiso que parece de mermelada. Nacho no puede digerir otra. Un cólico es un exorcismo. Verlo retorcerse al ritmo de esa guerra interior te parte el alma.

Padre detesta la vida. No lo dice, pero suda desprecio. "El que caga, caga; y el que no caga, cagó", dijo una vez, neutralizando su voz onda psicópata, cuando mamá volvió a reclamarle lo de la leche especial y los cólicos despiadados. Padre sacó de alguna parte un billete gris con la cara brava de Juana Azurduy de Padilla y Madre dijo que eso no alcanzaba. Padre dijo que entonces se iba a ver si el azar o el surrealismo le sonreían. Y luego dio un portazo tipo dibujos animados, de esos que se quedan vibrando en el aire, desflorándote el tímpano. Al otro día supimos que ni el azar ni el surrealismo ni el comunismo ni la náusea.

Nada salió como él quería; aunque, exceptuando a la soga fallida, nadie en casa tiene claro qué es lo que él quería y qué es lo que ha salido tan mal.

Papá es una lata.

Lo peor es que, según Clara Luz, me parezco "a él en la médula y a *ella* en las costuras".

No sé si estoy de acuerdo. El espejo es la cosa menos confiable de este mundo. *"Ella"* es mamá. Clara Luz nunca la llama por su nombre.

Por supuesto, Madre se refiere a Clara Luz como "la vieja". Cuestión de reciprocidad.

Somos una familia extraña.

Quizás por eso a mí la rabia se me acumula como un vómito, primero en la boca del estómago, y luego en la garganta, igual que si estuviera empachada de algo. Debería hacer como Inés que si tiene que vomitar, vomita, sin culpa. Uno no debería tragarse las peores cosas de este mundo, dice Inés, la boca ácida, y yo estoy de acuerdo.

2.

Honestly is such a lonely word... Honestly, guardo la esperanza de que Madre se harte un día, que decida finalmente dejar a papá y largarnos con Nacho a alguna parte. Yo me encargaría de convencer a Clara Luz. Siempre habrá un lugar para nosotras. Y si conocés mejor a Nacho, terminás amándolo, solo hay que darle una pizca de oportunidad. Pero mamá parece tener un aguante infinito, quizás porque se ha leído ya un montón de libros sobre el karma. Desde que Nacho nació, la estantería de los adornitos de porcelana y la repisa de la colección de geishas fueron llenándose de libros raros, algunos van de estimulación motora y trascendencia espiritual. Mi sed de lectura es tan grande que todo me sirve y yo también he comenzado a leer la serie de lecciones para emprender un viaje astral sin quedarte varada en los confines del universo. Porque eso también es posible, que ocurra un desprendimiento involuntario, que el alma se encandile con el resplandor de otras dimensiones y deje el cuerpo, pobre cuerpo, todavía vivo, comandado por los latidos del corazón, pero sin ánima. Un títere laxo, un muñeco de vudú. Entonces cualquier energía, la más baja, puede escabullirse y tomar esa carne que has despreciado. Lo único que puede protegerte es el sonido. La vibración perfecta de todo lo que sos. Eso es lo que entiendo. Vibrar. Que el aire tiemble con tu respiración.

Y eso es todo lo que hay en la casa. "Doctrina y Trascendencia" en distintos episodios, en cuadernillos flacos que mamá trae de sus sesiones, con un ocho en la tapa que, oh sí, es el símbolo absoluto de la eternidad. Y claro, están los libros empastados de biografías de Grandes Hombres de la Humanidad, *heavy* total, que papá consulta de vez en cuando como si allí te explicaran cuándo comenzó todo. El olor es lo único que me gusta de esa enciclopedia. Su olor a papel fino y a fotos nuevas. Los cuadernillos de la doctrina son más divertidos, te enseñan esos sonidos para sacar tu fuerza interior onda He-Man con la espada en alto y te indican posturas para que la electricidad que todos tenemos no se gaste. Madre guarda bajo su colchón los cuadernillos más avanzados porque ahí dibujan las partes sexuales y su electricidad especial. Desde que Clarita suspendió su suscripción de la *Revista Duda, lo increíble es la verdad* (porque toda su plata se le va en spray para la garganta y en tanques de oxígeno como si ella fuera una adicta de lo peor) me estoy convirtiendo en una especie de chica nirvana de tanto mantra monosilábico. Oomm, Aumm, Immm. No me sale tan largo como a mamá, porque yo no he recibido las instrucciones correctas que ella aprende en sus sesiones de los jueves; además, yo soy impaciente. "Sos una yegüita desbocada", dice mi abuela. Igual, extraño con locura las historietas a todo color que tía Lu me traía de la Argentina cuando todavía le gustaba este pueblo. La única librería que había en Therox cerró hace poco y se convirtió en boutique, y la revistería ya no deja entrar a menores de edad, a los que espanta con ese póster híper garabateado de tres cruces borrachas sobre la imagen de una mujer lamiéndose la boca: "XXX, prohibido el ingreso de menores". Podría decirse que estoy un poco harta de todo lo que está prohibido. "Forbidden" se dice en inglés. Eso lo sé porque recién lo vi en la tapa de un *long play* de Inés.

La última vez que compré algo en la difunta librería fue *El diario de Ana Frank* y un cuaderno con motivos japoneses por si me animaba a llevar mi propio diario. Sor Evangelina quería que todas lleváramos un diario, que anotáramos las "cosas de nuestra época", como lo hizo la chica Frank. Acá no hay ninguna guerra, dijo alguien de las Madonnas, la más rubia y lamentablemente las más avispada. Sor Evangelina se quitó los lentes, levantó un poco su Súper Muleta por cuatro largos segundos como afinando la puntería y dijo: "¿están seguras". La más gorda de las Madonnas se plantó un eructo de oso y todas rieron. Reímos. Sor Evangelina mandó a la gorda, y no a la rubia, a recoger la basura de *to-das* y *ca-da u-na* de las aulas, a ver si así nos poníamos de acuerdo. Cuando en una sociedad la vida no vale un penique, estamos en una guerra, o peor, ¡somos absurdos testigos de una invasión!, dijo, controlando una ira religiosa que es como una epidemia. Yo me quedé pensando en la palabra "penique". ¿En qué lugar del mundo se usaría esa moneda?

Vamos a la página veinte, ordenó más calmada la monja. Leamos en voz alta: "Es un poco difícil comprender cuando no se conocen las circunstancias; por eso, tengo que dar explicaciones".

Era la segunda vez que leía ese libro. Padre me lo había regalado cuando cumplí ocho, justo tres días antes de su intento pelotudo con la soga podrida. Quizás por eso asociaba el libro con una pésima onda. Fue un regalo malintencionado y trotskista. Padre no pensaba en mí, sino en él mismo, en tener mi mente bajo control, en "adoctrinarme" (papi dixit en referencia al Nuevo

Testamento que estamos obligadas a leer en las Mañanitas
al toque del primer timbre). Esta segunda vez estuvo mejor
y fue entonces que decidí imitar eso de llevar un diario y al
principio escribí algunas cosas, sentimientos, progresos de
Nacho, y cuando descubrí que escribir en serio me ponía
triste, porque la vida no es algo para escribir en serio, lo
dejé. Lo guardé en mi velador bajo algunas revistas "Tú"
de las que al comienzo me traía la buena de tía Luciana de
la Argentina y que yo coleccionaba en secreto porque papá
odia el consumo y sus vanidades. A veces saco el libro y leo
lo que copié en los márgenes. "Tuve la suerte de ser arrojada
bruscamente a la realidad", escribió la chica Frank. Se parece
al *bla bla* de Padre cuando está por cerrar sus patéticos
sermones: "Allá afuera está la verdadera selva, te lo digo yo,
yo, que la conozco bien, señorita, y ya vas a ver cuando la
vida te arroje a ella". Pero como yo no sufría de esa manera,
yo no dormía en un sótano aterida y con el oído alerta a
las botas de los lobos alemanes, era una vergüenza llevar
un diario en serio. Además, no siempre podía reconocer
las razones que me habían llevado a subrayar o copiar una
u otra idea. Subrayaba para sentirme más segura, como
agarrándome de alguna palabra inexplicable y que nada
tenía que ver conmigo. Era como si muchas Genovevas
se interpusieran, como encaramar los negativos de varias
fotografías y verlos a contraluz. Monstruos salían. Ese es
un experimento que me enseñó Inés, algo demasiado genial
para compartirlo gratuitamente. Lo que había subrayado
una Genoveva anterior ahora me parecía ridículo o ajeno.
De modo que lo olvidé. El libro de la chica Frank duerme
ahora como una araña perezosa en un cajón del chifonier.

Igual, prefiero novencientas noventa y nueve veces este cuaderno cuadriculado tapa dura sin pretensiones súper obvias de "diario" a uno de esos anillados infantiles titulados espantosamente "Hello Kitty"; aquí escribo los borradores de las composiciones y cosas que me estorban o me duelen y que tengo que poner en algún lado antes de que tomen la forma de un tumor kármico, como el bultito grasoso de papá. Solo imaginen que me apareciera una de esas protuberancias en la frente, o en un omóplato. ¡No, por Dios! Por ahora, todos creen que esto es una agenda, que aquí anoto infinitos números telefónicos, como si no supieran que estoy lejos de ser alguien popular y que solo tengo una amiga. UNA.

(Clara Luz, por otra parte, dice que un día va a dictarme todos los secretos del vudú para que los apunte con letra limpia y redonda en el cuaderno empastado, conocer ese oficio puede sacarme de apuros. Tu padre no debe saber nada de esa "herencia", susurra con su voz de bruja, una voz violeta, ¡azul violeta!, haciéndome cosquillas en el oído, porque a él no va a poder dejarle nada, ni vudú, ni rosarios de aguamarina ni tacitas de porcelana, ni nada que no sea izquierdista, comunista y verdaderamente revolucionario. Padre ve a Clara Luz, su propia madre, mi abuela, como si fuera una extraterrestre. Debe ser que así nomás son las cosas con las madres. Algo se rompe mientras te hacés grande y luego las madres se cansan, se pudren, se avergüenzan y de algún modo te abandonan).

Esta agenda es para mí lo que el tubo de oxígeno para Clarita.

3.

Comencé a escribir mis composiciones en el cuaderno-agenda cuando nació Nacho y su llegada fue como un huracán de preguntas, de miedo. Padre se puso intratable, era preferible saberlo lejos, haciendo rodar los dados sobre la mesa de madera gastada como si en eso se le fuera la vida. Y tal vez ahí se le va. Padre siempre dice que es preferible la apuesta al consumo, el déficit al lucro, el dado a la calculadora o algo así. Mierdas inútiles, murmulla con esa voz desguañangada que solo a Inés puede parecerle sexy. Voz de roquero, dice. Voz de criminal, la retruco yo. Voz de Jason en Martes 13, reímos las dos.

Padre nunca alza a Nacho y cuando cree que no lo escucho se refiere a él como "el opita". Y no es la palabra lo que me duele, porque a mí ninguna palabra me asquea, sino esa especie de traición; eso, según mi punto de vista, no tiene nada de revolucionario o subversivo. Quizás Padre está acostumbrado a quitarse, a rajarse, a abandonar la "escena del crimen" fingiendo ser otro. ¿O no fue esa la estrategia que usó para salir del monte? ¿No se hizo pasar por el muchacho muerto? ¿No adoptó la identidad de un camarada y al hacer eso se abandonó a sí mismo? Ni siquiera tuvo el tino de obedecer el consejo de su propia madre. Clara Luz dice que le suplicaba que se protegiera de cada susto, de cada despedida apresurada, de cada huida en la mitad de la noche, llamando a su espíritu por su propio nombre. Y es cierto, cuando Clara Luz se vino a vivir con nosotros porque los pulmones se le jodieron, ella misma dijo su nombre tres veces antes de cerrar la puerta de su vieja casa. Pero papá es recalcintratemente ateo y las supersticiones mancillan sus convicciones. Así que si ahora extraña su anterior personalidad, a llorar al río, señores. A veces yo misma tengo la ilusión de ser adoptada. El deseo morboso de ser adoptada. Que los vínculos tan sagrados con que las monjas nos chantajean resulten ser gloriosamente falsos.

Solo una soga en perfectas condiciones podría liberar a papá. O mejor dicho, permitir que lo que está roto en él vuelva a reunirse. Cada pieza, cada parte de su personalidad o de su juventud, cada sonido de su voz, su nombre y su vida, todo junto otra vez.

Hace tres semanas, mientras nos maquillábamos en el cuarto de Inés, le dije que algún día yo iba a matar a papá. Inés se rió. Yo siempre estaba matando gente con los muñequitos de vudú de mi abuela y nunca aparecía un puto cadáver en el horizonte. ¿O acaso *"el Quishpe"* murió de una invisible puñalada en el corazón antes del examen final? No, ¿no ve? De todos modos, dijo que ojalá tuviera mis agallas, ella ni siquiera se había animado a irse cuando el único novio que tuvo se lo propuso, y ahora era demasiado tarde porque el sujeto era ya un zombi de tanta coca adulterada; incluso le habían hecho poner un tabique usando la costilla de un muerto para que pudiera respirar. ¿Te imaginás?, ¡un maldito tabique de muerto! Eso se llamaba ser un zombi en toda ley. ¿No era un tabique de metal?, escuché que era de plata o platino, repuse yo, pero no por joderla gratuitamente, sino porque sinceramente me parecía mucho más futurista tener en el cuerpo alguna aleación química que un simple injerto de otro humano. Inés dijo que qué más daba, hueso, metal o madera, el tipo ya no servía. Teníamos, más bien, que planear una fuga, irnos lejos. Con mamá, dije yo, o por lo menos con Nacho. Con Nacho, claro, dijo Inés, que también lo amaba. Yo sabía, sé, que lo ama. A mamá, en cambio, siempre le ha tenido reparos.

¿Y adónde te gustaría ir?, le pregunté. Inés cerró los ojos, suspiró, dijo que siempre le había llamado la atención Egipto. ¿Egipto? Sí, ese país de nombre fascinante. Mírame, dijo, mírame bien de perfil, ¿no es egipcia mi nariz? Gracias a Dios tocaron la puerta de la pieza. Su empleada nos traía dos hamburguesas y dos vasos enormes de limonada. Nos miró por sobre el hombro con cara de agente de la DEA. Comimos desaforadas, dejando huellas de lápiz labial sobre el pan voluminoso y en los bordes de los vasos. Nos esperaba una larga práctica de Físika y debíamos estar preparadas para enfrentar los enigmas de la velocidad, la masa, el tiempo y la luz, una mezcla que nos hacía sentir infinitamente tontas. Lo hacíamos, más que por la nota, para no quedar tan mal ante Marzziano, que nos ha dado ya un millón de oportunidades porque él jura que para entender esos numeritos levitando encima de las letras y los corchetes y raíces y demás signos psicodélicos solo hay que tener "intuición". No dice "lógica", como en Filosofía. Y ahí me parece que algo anda volcado. En fin… Antes de instalarnos en la mesa del jardín, Inés fue hasta su baño. Ya vengo, dijo, y me guiñó un ojo. Yo nunca digo nada, yo la respeto. Su nariz no tiene nada de egipcio, pero la quiero y nunca le mentiría. La escuché vomitar por treinta y dos segundos, largar el agua de la taza y luego cepillarse los dientes con furia, será por eso que siempre sangra de las encías, como una vampira.

Me muero por tener yo también un baño propio.

Cuando Inés regresó dijo: apuesto a que contaste los segundos que tardé "haciendo gárgaras". Así, "hacer gárgaras", le llama Inés a este vicio incomprensible de hurgarse las amígdalas hasta que le vienen arcadas incontenibles. Y luego el vómito y esa felicidad culposa que me va convirtiendo en cómplice de algo peor, aunque no sé exactamente de qué.

Mi vicio, en cambio, el de contar el tiempo, es una cosa inmensamente estúpida y por eso solo lo he compartido con Inés y no con Clarita. Cuento los segundos importantes, los segundos en que sucede o va sucediendo un "cambio radical" (para usar el vocabulario de papi, que si no fuera fanáticamente social-comunista, ruso-proletario, sería un lenguaje inteligente y moderno). No cuento, por decir, cuánto dura la palabra "ecuación" o cuánto tarda Clara Luz en enhebrar una aguja para zurcir los muñecos de su negocio, eso no significa un antes y un después en un sentido profundo. Cuento otras cosas que a cualquiera le pueden parecer insignificantes pero que hacen que la vida avance. De otro modo la vida sería una bola de energía, un tumor insulso como el bollo grasiento de mi padre. Por ejemplo, sé que un vaso tarda tres segundos en llenarse hasta el tope, sé que esas florcitas que sobreviven en nuestro patio, a las que mi abuela les llama "Cerrateputa", necesitan siete segundos para volverse un puño, un churuno apretado, defendiéndose de la luz solar.

Deberías estudiar para agente de la DEA, se burla Inés. Para esos el tiempo es cuestión de vida o muerte. Serías experta desarmando bombas.

Y es que Inés, aunque me conoce hasta el tuétano, tiene una idea distinta del tiempo, el tiempo como una cosa frágil, una tablita de venesta que podés astillar de un karatazo con solo hacer las cosas mal. O bien.

(Por supuesto, Inés es la única que sabe que esto no es una agenda, pero que tampoco es un diario de guerra, porque es cierto, acá no hay ninguna guerra, aunque estemos hasta el pescuezo de agentes de la DEA. Algunos encubiertos, otros no tanto).

4.

Nacho es hermoso como un cactus bebé. Hablo de un cactus recién nacido: no pinchan, son más bien pulposos y sus tumores les dan un aspecto punk, algo que ni la mejor peluquera ni el mejor gel del mundo consiguen darte. Espinas naturales, tiernas y peligrosas al mismo tiempo. Nacho es así, tiene los pelos parados naturalmente, sus hebras son suavísimas, como plumas; me gusta soplarlo, ponerlo nerviosito. Madre me pide que no lo sople después de mamar, que le da hipo. Eso también es buenísimo, verlo hipando, como un gato mojado. Nacho, en ese sentido, es una metáfora compleja, inacabable, una trampa. Mirás largo rato los ojos separados y la boquita siempre húmeda y pareciera que nunca van a decirte nada, pero de pronto, ¡zas!, una expresión va formándose y Nacho, en cuestión de tres segundos y medio, se revela como un animalito. Nacho es un conejo, Nacho es un búho, Nacho es un cerdito rosa, Nacho es, la mayor parte de las veces, una lechuza bebé. (O será que estoy toda atrangatada de ternura y las palabras solo estorban y se vuelven igual de patéticas que los manifiestos roncos de papá).

Alzalo un rato hasta que se sosiegue, pide Madre, cuando se harta del llanto de lechuza de Nacho que sufre con sus digestiones. El médico dijo que el cerebro de los bebés que nacen así mandan señales lentas a los intestinos. Si me preguntan, yo creo que hay peores interferencias que esa en gente que parece de lo más normal. Pensemos en Padre, por dar un mínimo ejemplo. Pensemos en su carácter podrido, en sus ideales que no llevan a ninguna parte. Bueno, sí, a "nevermore", donde habitan todos los que necesitan desenchufarse urgentemente, y que de un tiempo a esta parte incluye a la mitad de este pueblo. Allí, atorado en algún rincón, se quedó también el novio mutante de Inés.

Mi mano contra la pequeña columna de Nacho es lo mejor que me puede pasar en las mañanas, antes de ir a la escuela. (Ya he anotado que en realidad la mejor parte es la caminata con mis pensamientos asesinos, ahí es cuando soy *yo* a lo bruto, si me hago entender). Duele despedirme, obligarlo a abrir los puñitos, con los que comienza a golpearme furioso, con su furia blanda, para besarle las palmas sin pliegues, como las de un dibujo animado. Esa caricia lo tranquiliza, lo conozco perfecto, es mi hermano. Nacho nunca entiende que volveré. Berrea estirando las manitos para que vuelva a tomarlo, pero pronto se distrae con otra cosa y permanece en su estado "baba" durante el resto de la tarde. Casi siempre me voy "marcada" con la baba de Nacho en el mandil, no siento asco ni nada. Cómo podría, si es mi hermano, todo lo contrario de un intruso.

Nacho nació en abril. Todavía hacía calor. Yo no dormí hasta la madrugada esperando noticias de mamá, que en los últimos días se había hinchado como una tinaja. Esa noche nos habíamos sentado en los sillones del patio a mirar atentamente las estrellas mientras comíamos galletas de agua con unas compotas maravillosas que mamá había comprado en la feria del domingo. Esperábamos el paso del cometa Halley que surcaría el cielo por única y última vez en nuestras vidas. Orión estaba clarísimo y también Marte. Eso dijo mamá, que aprendió los secretos italianos de su padre, porque todo lo que mamá sabe y que no tiene una explicación lógica es un "secreto italiano". Por ejemplo, si te hacés un corte hondo y estás a punto de irte en un viaje total por la hemorragia, el concho de café puede salvarte la vida. Madre también sabe reconocer a una mujer "recién fecundada", pues los ojos le brillan de otro modo, dice, y yo a veces me pregunto si no estará confundiendo la fecundación con los vuelos bajos y otras cosas más arriesgadas que suceden en Therox. Además, según ella, sabe hacer fuego friccionando piedras transparentes, aunque a decir verdad yo solo he visto chispas raquíticas que hasta la pelusa de las chompas de alpaca produce si roza tu cabello los días de invierno, haciendo ese sonidito de hojas que se rompen. Y es que quizás Madre no termina de saber que todo en este planeta experimental está plagado de una electricidad sucia y unidimensional. Sigo: Madre dice que sabe curar el dolor de panza calentando sus dedos y poniendo los tres de en medio en la boca del estómago, aunque tampoco esto me consta porque a Nacho solo puede aliviarlo de sus injustos cólicos con tres gotitas de Sertal. Y también asegura saber cómo activar la leche en una mujer, aun cuando no haya parido, sabiduría que me gustaría experimentar pero que, obviamente, me llena de vergüenza. Fuego, alivio y leche son, según la desquiciada de mami, las tres cosas más importantes del mundo, lo que te llevarías a una isla", se jacta, como si Culo del Mundo no fuese una maldita isla.

Era el comienzo del otoño cuando nació Nacho. Aunque en otras partes del mundo estuviera recién terminando la primavera. Por ejemplo, en Miami, allá viven una eterna primavera, con el mar lamiéndole los pies a los personas. De todos modos, era una noche perfecta y estaba bien que estuviéramos en Therox y no en Miami o París o en la Cochinchina, que según Quishpe sí existe. La Conchichina existe y supongo que los cochinchinos hablan cochinchinés. Pero todo esto no importaba esa noche.

Estábamos a punto de una tortícolis con los pescuezos curvados como en una convulsión lenta, esperando que apareciera el "mensajero fugaz", así lo habían titulado en el periódico. Padre dijo que éramos una masa de ignorantes. Nadie podría distinguir a simple vista al dichoso cometa, más que no fuera por pura sugestión. Si la prensa nacional e internacional había alborotado a la gente con promesas de avistamientos apocalípticos era únicamente para distraer a la opinión pública del verdadero problema latinoamericano, es decir, la droga, la inversión de valores, el capitalismo.

Sin embargo, no iba a ser Padre precisamente el que pulverizara nuestra ilusión. Madre dijo que me concentrara imaginando que todo mi flujo sanguíneo confluía en mi frente, donde está el chacra de la visualización. Con el cuello a punto de desgonzarse era difícil conseguir una irrigación sanguínea al revés, pero hice lo posible. Imaginaba ríos flaquitos de glóbulos rojos atropellándose en la ruta hacia mi frente. Pasarían como doscientos segundos así, entonces Madre exclamó ¡mirá, mirá qué preciosidad! Yo miré con toda mi alma, pero no vi nada, por ningún lado de ese paño añil que era el cielo inmenso. ¿Cómo no ves?, renegaba Madre, con esos tonos angustiados que agarra cuando me odia. Volví a hacer el esfuerzo, a dominar mis ojos y mi corazón. El cometa Halley entonces apareció por la línea del horizonte y fue avanzando como una chispa y luego definiéndose en tres hebras brillantes. Las pocas nubes se apartaban, como una falda negra de organdí. Mamá me tomó un ratito de la mano. Ese ratito, diez segundos sería, la quise. Clara Luz debería ver esto, dije. El sereno no le hace bien a la vieja, cortó Madre.

Pero no había sereno. Todo estaba demasiado claro.

Mamá dijo que no le gustaba Marte y que el cometa Halley era bellísimo, un pez de cola plateada, ¿no creés?, sí, sí, es cierto. Pero que no le parecía la mejor de las bendiciones para nacer; trataría de aguantar hasta la próxima semana. Además, así se lo recomendaba una pintura en lienzo que su Maestro místico le había obsequiado, un dibujo salpicado de estrellas alrededor de un planeta precioso, circundado por siete anillos. Madre colgó el cuadro en la sala del televisor porque papá no la dejó hacerlo en el cuarto. Odio los fanatismos, dijo, frunciendo el ceño como hacen los revolucionarios en las postales que él sí colecciona, aunque no las cuelgue en la pared. Guarda esas postales grises en un archivador naranja, con el escudo de la nación en la tapa. Escribe cosas detrás, fechas, nombres, o una idea. A veces me copio las ideas y, cambiándolas a mi manera, las uso en los ensayos de filosofía para Sor Evangelina o en las reseñas histórikas para Quishpe. Quishpe ni cuenta se da. En una postal papá había anotado con su letra elegante: "Yo conozco al pueblo: cambia en un día. Derrocha pródigamente lo mismo su odio que su amor. Voltaire". Y en otra: "El tiempo es el mejor autor: siempre encuentra un final perfecto. Charles Chaplin". Y en otra: "Y así vamos adelante, botes contra la corriente, incesantemente arrastrados hacia el pasado. Scott Fitzgerald". Esta última es la que más me gusta y la que menos comprendo, pero me hace imaginar a Ulises tapándose las orejas para no caer rendido ante los cantos hechiceros de las sirenas, batiendo un mar negrísimo, enojado como agua hirviendo. Por lo demás, ninguno de los tipos de los que papá es fan tiene un apellido pronunciable. La cultura extranjerizante le alborota la bilis y luego hace este tipo de cosas. Padre es un increíble nido de incoherencias. Ying y Yang total. Odia a los gringos y los colecciona. ¿O, a ver, de dónde es que era Charles Chaplin? Y por último, ¿por qué tuvo que regalarme el libro de la chica Frank y no una de esas enciclopedias normales de inventos? Inés tiene una, de ahí sacó su experimento de la yuxtaposición de negativos. Del libro de la chica Frank solo puedo sacar unas enormes ganas de huir de casa. Me asfixio.

En fin, estaba contando lo de la noche de Marte y la visita fugaz del cometa. Después de que el cometa Halley desapareció en la parte donde el mundo se dobla en su redondez, nos quedamos mirando con los cuellos doloridos esa enorme oscuridad, esa cosa honda donde un gigante, ¿Atlas?, podría meter la mano y jamás tocar fondo. Marte no se había movido. Lo imaginaba allí, colgando soberbio como una guirnalda de Navidad, aunque a simple vista era una simple y vulgar estrella, casi opaca, y sin embargo capaz de aterrorizar a mi madre. Por su culpa, a toda costa Súper Madre quería hacer esperar a Nacho, guardarlo en la panza hasta que la luna se pusiera en creciente. Eran instrucciones dibujadas en el dichoso lienzo, titulado "Primera Carta", al estilo de Cristóbal Colón cuando enviaba sus informes a la reina Chabela. Por supuesto, fue imposible seguir tales instrucciones. No debía ser fácil hacerle entender a un bebé como Nacho que debía esperar un poco en pro de su temperamento y su destino. Nacho ya era una criatura determinada, aunque todo el mundo luego iba a opinar lo contrario, y decidió que ese era el momento. La bolsa se rompió y Madre empezó a gotear como un grifo. ¿Qué es esto?, le dije, frotando mis dedos contra el borde de su petaquero. Quizá era orine, otro horrible síntoma del embarazo, me imaginé, pero al sentir la seda transparente de aquel líquido supe que estaba pasando algo más. Fue cuando mamá dijo: ¡la bolsa! Corrí a traer la bolsa donde teníamos listo el ajuar, la colchita blanca con cinta de croché, los polcos diminutos que me llenaban de alegría anticipada, las mamaderas hervidas y, lo más importante, la cinta celeste para que nadie nos lo cambiara. Mamá me volvió de los pelos, ¡se me rompió la bolsa, tarada, llamá a tu padre!, ordenó.

Sabía dónde podía encontrar a papá. Si no era en lo del bar del catalán, era en los kioskos de la plaza, en dirección de la zapatería Manaco. Corrí hasta la plaza cruzando los dedos porque allí estuviera. Ahí estaba, tomando los cafecitos con que "arreglaba el mundo, la política internacional y la decadencia de la izquierda", como le grita mamá cuando llega a sus límites, que cada vez son más justos. ¡Papi, papá, mamá ya está a punto...!, grité, me tragué la palabra "parir" porque me pareció impropia delante de sus amigos, hombres mucho más viejos que papá, pero menos melancólicos, "porque por lo menos han ido a un guerra de verdad" (Padre dixit). Padre se paró y tomó el último sorbo de café. Eso duró tres segundos y milésimas. Subimos al jeep que no dio contacto. Padre me indicó cómo dar contacto y qué debía hacer cuando él empujara, vos bombeá con fuerza el embrague y meté el acelerador a fondo, dijo. No tuve miedo. Padre no tuvo que empujar demasiado porque el vehículo arrancó, apiadándose de la situación. Tardamos ciento veinticinco segundos en arrancar el troncomóvil. Pensé que manejar no era la gran cosa. Muchas cosas que hacían los viejos no era la gran cosa. Inés y yo habíamos vivido vilmente engañadas durante siglos y ya iba siendo hora de que nos espabiláramos.

Cuando llegamos, mamá respiraba como una perra rabiosa, sentada en la mecedora. Tenía el vestido ensangrentado. Súper Padre quiso alzarla haciendo un esfuerzo sobrehumano con sus brazos izquierdistas, pero ella chilló. Caminó con dificultad hasta el jeep, no quería que nadie la tocara. Alistás todo, graznó, desesperada, a modo de despedida. No me besó, pero intentó sonreírme. Me quedé mirando el jeep hasta que dobló la esquina. Y luego miré las estrellas; Marte se había escondido entre las nubes, mezquino, y Orión estaba incompleto. Algunas nubes parecían pringadas de la energía que había chorreado el Halley. Recordé que debía llamar a tía Lu, que estaba acá por unos días intentando convencer a mi abue de mudarse con ella y tener así la posibilidad de visitar médicos más desarrollados en la Argentina.

Cuando alcé el teléfono para llamarla, un nudo se me agolpó en la garganta. Con todo ese ajetreo, no me había dado cuenta de que estaba feliz. Yo amaba a Nacho antes de conocerlo.

Tía Lu llegó con más cosas, fraldas, trapos, sábanas recauchatadas, todo con olor a manzanilla. Como habíamos acordado, yo dormiría con Clarita mientras tía Lu corría al hospital para acompañar a mamá. Clara Luz, que se había desenchufado del tanque para ayudar en lo que pudiera, prendió una vela y rezó en latín algo que más parecía una canción de rock, luego se durmió con la boca abierta, roncaba en dos ritmos, un ronquido como de gato al comienzo y luego más duro, como el de una chica poseída, y cada cierto tiempo una tos breve que la hacía buscar una nueva posición. Al buscar la nueva posición, casi siempre estiraba la mano, yo me quedaba quieta porque me gustaba su abrazo. El miedo sin sentido que experimentaba cada mañana, yendo a la escuela, un miedo vergonzoso de ser tonta, de estar sola, de ser fea, miedo de ser extraña y abominable, desaparecía bajo el abrazo inconsciente de mi abuela.

Sin embargo no dormí. Esperé a que la negrura de la noche se pusiera violeta. Me encantaba esa hora. Me ponía romántica, me ablandaba. Bajo ese aura lila las personas siempre me habían parecido ángeles, transformadas, lejos de sus malas intenciones. Aparté suavemente el brazo flaco y trabajador de mi abuela y me acerqué a la ventana. Nacho seguramente ya había nacido. Muchas de mis compañeras tienen hermanos, dos o tres hermanos, no más, solo la bizca Ruiz tiene seis hermanos y cuando su padre los saca a pasear a todos montados en la camioneta, la bizca se quiere morir. La pobre se escurre hasta casi desaparecer, pero adivinamos su presencia por la moña fucsia con que se arma la media cola. Ahora era mi turno, iba a estrenar un hermano.

Padre llegó ojeroso cuando la luz violeta había cedido y la claridad del cielo todavía se sentía con buena intención, sin ese Sol que te achicharra como a un huevo frito y que obliga a las "Cerrateputa" a hacerse un ovillo. En cuanto lo vi noté que no estaba feliz. El estómago se me contrajo. ¿Está bien mi madre?, pregunté con voz ahogada. Tu madre está bien, dijo papá, vine a descansar un rato, Lu está con ella. ¿Y el niño?, pregunté, ¿cómo es? ¿A qué hora me vas a llevar? Padre resopló como hacen sus amigos viejos. El niño, dijo, con los ojos llorosos, el niño no es normal. Se acercó al lavaplatos, abrió el grifo haciendo reventar el chorro de agua contra la loza y metió la cabeza por ocho segundos, sacudiéndola suavemente, como deseando desaparecer.

Imaginé al recién nacido con tres ojos o cinco brazos, como un cangrejo. ¿Iba a poder amarlo así? Tener un hermano cangrejo iba a ser difícil, amarlo iba a ser difícil, pero, en el fondo, en alguna parte de mi mente y mi corazón, yo sabía que iba a amar a Nacho aunque yo misma tuviera que aprender el lenguaje de los cangrejos y la videncia del tercer ojo. Estaba dispuesta a manejar el código fatal de las metáforas negras. Sentí pena por papá y le alcancé una toalla. Echate un rato, papi, dormí un poco. Todos los bebés nacen hinchados, le dije.

Padre me miró con ira, transmitiendo telepáticamente ese tipo de mensajes izquierdistas que ya he aprendido a leerle: qué sabés vos, pendejita, primero aprendé a limpiarte el culo.

Respiré hondo durante diez segundos, llenándome los pulmones de ira.

Ojalá él fuese tan inteligente para haber comprendido lo que le contesté en la mismísima longitud de onda. Cuestión de alta reciprocidad.

5.

Therox es un pueblo como cualquier otro. O peor. Si Dios lo hubiera sembrado en el Lejano Oeste solo habría polvo diluyendo el Sol. Pero Therox no está en el Lejano Oeste y aunque no es una isla, actúa como isla. Todo queda muy lejos, tan lejos que he llegado a creer que nada en el universo existe. Solo nosotros. Therox debería ser una provincia de Finlandia. Antes, contaba Clara Luz cuando podía hablar de corrido, la localidad se llamaba Monte de la víbora, o Monte Alto de la Víbora, porque estaba cundida de serpientes. Padre la refutaba diciendo que no era por eso, sino porque un brazo retorcido del río Piraí trepaba su loma central y la abrazaba hasta estrangularla. Qué sabés vos, se entercaba Clara Luz, vos ni siquiera eras una lombriz dentro de mí.

Al llegar los gringos de la DEA, el pueblo se transformó en Mont. City porque, obvio microbio, es más fácil para ellos omitir esa "t" camba de Therox, que levanta escupitajos aquí y allá. Los gringos, en cambio, dicen algo así como "Zirok" y a mí se me hace como si hablaran de una estrella anciana en extinción o se refirieran a un derivado nuevo de la coca, algo más peligroso que la heroína.

Y de entre los que ya terminaron el bachillerato y se fueron a estudiar a Brasil o Argentina y vuelven de vacaciones con la nariz respingada pero con la buena noticia de que "el extranjero" no es un invento febril o un valle lunar que solo existe en nuestra imaginación, salió un tercer apodo para el pueblo: *Culo del Mundo*. Pues bien, aquí en Culo del Mundo no nos podemos quejar por falta de nombres. Tenemos nombres obsesivo-compulsivos para todos los gustos.

Lo cierto es que Therox es Therox en honor a un héroe, por si alguien dudaba de nuestra creatividad. Coronel Marceliano Montero, se llama. Un prócer que no debe comprender nada de lo que está pasando, un guerrero de cemento que no se inmuta ante el *tom tom tom* de los tambores de las fiestas patrias, mientras el coro de mi escuela grita al unísono: "¡Morir antes que esclavas vivir!". Por suerte las monjas nos permiten decir en femenino esa consigna brutal del himno nacional. Marceliano, sordo, ciego y mudo, permanece montado en un caballo que relincha eternamente, con los cascos desesperados. Padre dice que los monumentos le dan pena, y en eso estamos extrañamente de acuerdo. Nuestro héroe empuña una espada inútil contra el tiempo nuevo.

Therox, ya que estamos, es solo un puente entre ciudades más grandes donde hay trabajo de verdad, porque aquí lo único a lo que se dedica la gente es al "negocio". Las personas como mis padres "hacen una y otra cosa"y traen dinero invisible a casa. Un dinero que no podés ver ni tocar; idem a la plata del "rey psicótico", ese al que estafaron con un traje dizque de oro pero que ni el más más de sus súbditos conseguía ver. Así mismo es es el sueldo de Padre. Guarda un poco en sus mezquinas cajas de zapatos porque "ya no se puede confiar en el banco" y "los ahorros son sagrados" y "¿de dónde creés que obtenemos la plata? ¿De las hojas de los árboles? Nosotros no somos pichicateros, mijita" y ese tipo de cosas. Cuando pido algo, lo que sea, grande o pequeño, no importa, nunca hay dinero. Padre dice, sin mirarme a los ojos, "no hay plata", y esas tres palabrejas son más duras que un candado, lo cierran todo, clausuran *for ever and ever* la cárcel de Alcatraz que es mi casa. Pienso en todo esto porque debo escribir un reportaje sobre "Las cosas modernas en Therox", todas esas cosas que nos rodean pero que no poseo porque Padre es de izquierda y no se va "a quebrar". Y Madre cree en la Trascendencia espiritual que su Maestro Místico le ha prometido si alcanza el Kundalini Total. Por favor, entre Madre y los drogos más obvios de este pueblo hay que encontrar las siete diferencias.

Tia Lu opina, sin embargo, que su hermano es un gajo partido con la savia brotándole por las "papilas vegetales" sin ton ni son. Tía Lu estudió botánica en la Argentina, con una beca que papá le agenció con el partido, y ese es el tipo de metáforas que usa para renegar del mundo. Tu padre se partió por seguir "La ruta de Tamara", me contó un día. Porque todas las veces que tu padre ha seguido las instrucciones de una mujer le ha pelado a la perdiz. Era mejor haber muerto codo a codo con el Che, ¿no te parece? Y esa Tamara, una especie de coronela hippie, los llevó a la misma muerte, los llevó río abajo, y ya sabemos que es más facil bajar que subir. Y allá los hicieron talco a todingos, y tu padre, aterrado, se sacó como pudo el uniforme, y se hizo pasar por un prisionero que el grupo había agarrado en los valles y que, en realidad, ya estaba muerto.

Padre desde entonces es un prisionero, un prisionero zombie, es como lo veo. Mi verdadero padre, que era un sujeto optimista y fuerte, se quedó en ese bosque encantado. Y no hay cómo volver el tiempo atrás. El tiempo es el problema.

Madre, en cambio, no se ha quedado en ningún planeta alternativo, está aquí, solo que hecha un capullo, encerrada en sí misma, pero está aquí, no hay nada en ella que me haga sospechar de una impostura. El brillo verde de sus ojos tiene la misma tristeza de siempre. Su tristeza inútil.

Pero yo regreso a lo mío:

En el lapso de dos años Therox se ha llenado de cosas modernas. A papá esto no le parece bueno. Las cosas modernas lo asquean y culpa de ese "simulacro", como él le llama a todo, al mundo, a las canciones de Studio 54 (el enlatado que me salva la vida), a la ropa, o al "decreto maldito". Vaya cosa, en el tal decreto maldito hay apenas un 6 y ni sumando y multiplicando por 2 o por el número Pi que Marzziano nos ha metido en los sesos con cucharilla nos acercamos al diabólico 666, y con eso ya cualquiera se puede dar cuenta de lo paranoico e izquierdistamente acomplejado que es papá. El 21060 es el gran culpable, pero la verdad sea dicha, no sé cómo un número así puede transformar tanto un pueblo, ni que fuera el código de la Kriptonita. Therox, en el fondo, sigue siendo El Monte Alto de la víbora. Mirés adonde mirés, hay alguna culebra buscando un orificio del cuerpo por donde escurrirse. Clara Luz dice que las sicurís, por ejemplo, se le meten a la gente por el culo y se van comiendo hasta el alma. Cuando la anemia es galopante y ya no hay nada que hacer, entonces recién los médicos le dan la razón a los naturistas y comienzan a considerar vagamente posible este fenómeno que parece un sueño de LSD. Apuesto mi vida a que los creadores de *Alien, el octavo pasajero* se inspiraron en este pueblo de mierda para filmar esa peli.

Pero si intento ser solo un poquito honesta debería decir que probablemente el gran problema sea yo, estas ganas de irme al extranjero, sobre todo desde que el Maestro Hernán ha comenzado a iniciarme con las Enseñanzas de Ganímedes. Mami no sabe que ya lo conozco en carne y hueso (o, en este caso, en hueso y carne, porque el orden de las palabras sí altera el producto), que he hecho un verdadero trabajo detectivesco y que yo también tengo una gran vocación. Apuesto a que si pudiera mezclar todos los tiempos y personas de este mundo, la chica Frank sería la elegida del Maestro Hernán. Ella escribió: "Por las noches, cuando me pongo a repensar los múltiples pecados y defectos que se me atribuyen, la gran masa de cosas que debo considerar me confunde de tal manera que o bien me echo a reír, o bien a llorar, según cómo esté de humor. Y entonces me duermo con la extraña sensación de querer otra cosa de la que soy, o de ser otra cosa de la que quiero, o quizá también de hacer otra cosa de la que quiero o soy". Ella escribió lo que yo habría de sentir después. La chica Frank era una solitaria profeta sentimental, pero la muerte se portó como una gran amiga. La muerte la protegió. Yo, en el fondo, no tengo quién me proteja. O quizás sí... Quizás el Maestro Hernán sea mi protector. Pienso esto y me ruborizo.

Supongo que las chicas modernas no se ruborizan, supongo que soy alguien anticuado. Los sentimientos, de todos modos, no se ven en la historia de una sociedad. Cuando pasen quinientos años, ¿cuáles serán las ruinas de Therox?, piensen también eso, dijo Sor Nuri cuando nos asignó la tarea.

Anoto entonces: "En Therox hay computadoras que me hacen pensar en el cerebro de los extraterrestres, cerebros enormes hidrocefálicos. Estos aparatos inteligentes traen juegos espléndidos de comer y cruzar niveles, Pac Man es mi favorito, y también hay semáforos nuevos porque hay muchísimos vehículos, de esos que se quitan la capucha y de los altos, talla King Kong, con ruedas gordas, *monster trucks* que les llaman. En Therox City "vive la paradoja", dice papá y lo pongo acá porque tal vez signifique algo, algo como que hay muchos autos y no tanto asfalto (solo los ricos hacen asfaltar sus barrios), pero sobre todo motos, muchas motos traídas de Estados Unidos. El lío es que no hay metro como en los videoclips de de punk granate y extradenso, pensemos en The Clash, y los semáforos no tienen cámara como en otras ciudades del vasto planeta, por eso los ajustes de cuentas quedan impunes. En Therox hay muchísimos ajustes de cuentas, algunos con sangre, otros sin sangre".

Tengo que borrar la última parte. A Sor Nuri no le gusta que hablemos de la muerte, recurso barato, dice. ¿O no se han dado cuenta de que en todas las telenovelas los que estorban mueren? El guión de la vida necesita más elegancia, dice, hay que dejar de ser provincianas, dice, porque una cosa es ser humilde y otra mediocre, hay que comedirse no solo con la voluntad del cuerpo, sino también con la del alma, dice, temblorosa, heroica, y cuando se emociona así hasta se ven bonitas sus manos de electroshock.

Otra cosa moderna que debo anotar es la música. La música no es algo que se pueda tocar, pero define cómo ves la vida. Esto no lo digo yo, lo dice Padre, que cada vez escucha menos música, menos Leonardo Favio, menos Iracundos, menos Litto Nebia. Pero estoy básicamente de acuerdo: la música define cómo ves la vida. Entra por los oídos pero modifica la vista. Lo que quiero decir es que Studio 54 en lata es una cosa moderna. Es una de las pocas cosas felices que tengo en mi vida y que no dependen del dinero. Mi hermanito y Studio 54 son las dos mejores cosas del mundo. No me importa entender palabras regadas en inglés, la idea central de los clips digamos, la sola imagen vomitando luces rojas, haciendo temblar la sala, es algo por lo que vale la pena aguantar este guión patético. Aunque no sé si la monja pueda con esto. Sor Nuri es un alien, nunca fue niña. Nació vieja cuando a su madre le explotó la barriga y Sor Nuri se hizo camino entre tripas y gases estirando sus garras artríticas .

Pongo la fecha en la esquina izquierda de la hoja, le pego un sticker de corazones góticos en la esquina derecha y firmo con la letra más Palmer que puedo: Genoveva Bravo Genovés. Es un nombre problemático, lo sé, y algo aviejado, pero a diferencia de Inés que odia su propio nombre porque le parece corto y soso, a mí me gusta pensar que soy como la chica del cuento, la tal Genoveva de Brabante. No por nada Padre escogió ese nombre para mí. Lo del apellido materno fue pura coincidencia. Mami es descendiente de italianos. Mi abuela materna apenas podía con el español la muy terca, de modo que prefería hablar con las plantas de su vivero. Dicen que me parezco a ella, pero yo en el fondo quiero parecerme a mi abue paterna, Clara Luz, no solo porque también tiene nombre de princesa de cuento, aunque la pobre está vieja y enferma, sino porque me gusta su carácter. No es la típica abue cariñosa que te consiente aunque te hayas mandado una tremenda cagada; todo lo contrario, es estricta y, cuando estaba sana, podía levantarte de la patilla por veinte segundos completos, superando la ley de la gravedad, sin que se le brotaran las venas del cuello. Clara Luz es brutal, sincera, tiene algo que cruza esa membrana como clara de huevo o de ojo con catarata que es la "abuelitud". Clara Luz es una amiga perfecta y cuando estamos solas me permite llamarla así, directamente, Clara Luz. A veces nos ponemos a ver sus fotos, donde ella dice que luce idéntica a mí. Es posible. El problema es que no puedo tener un concepto real sobre mí misma, un "autoconcepto", como dice Sor Evangelina cuando en la clase de Valores y Filosofía nos explica el modo en que el hombre (o sea, yo también) ha estado aproblemado desde que la humanidad es la humanidad. En resumen, no soy la mejor juez para apoyar a Clara Luz en su deseo de parecerse a mí, pero tampoco la desilusiono del todo. Ahora que necesita de su tubo oxígeno se vuelve más complicado conversar sobre las cosas que nos gustan. Esto le arruinó el negocio a la pobre, porque así, con la "voz embargada", como dice ella, que siempre está metiendo cosas nuevas en su vocabulario como si a su edad no hubiera probado ya todas las palabras, así ya no puede "trabajar de rezadora en los velorios ajenos". De modo que no se ha opuesto a que yo comience a usar, encima de mis camisetas de algodón, la mantilla negra de sus noches de rezos por las ánimas del purgatorio, contratados a razón de ochenta pesos el rosario.

Pero tengo que volver a las cosas modernas. Revisar mi ensayo antes de pegarle recortes de periódicos y revistas para ilustrar la idea principal. Debería anotar algo que me parece súper moderno: los lápices labiales chinos. Son perfectos. Al comienzo son transparentes y luego, al cabo de minutos que te los has puesto, van tomando un color intenso de mandarina que ni un beso te lo podría borrar. Ojo, que yo nunca he besado, ni me han besado. No tengo novio, pero bueno, eso todavía no me preocupa, yo prefiero creer en lo que me decía Clara Luz antes de enfermarse, que el primer beso tiene que ser perfecto. "Lo perfecto está rodeado de significado", decía Clara Luz. Clara Luz lo decía de un modo profundo y eso me basta para esperar lo que me tiene que llegar "lleno de significado".

Sí, pondré los lápices labiales chinos. Antes las mujeres no tenían la oportunidad de usar estos artefactos de la industria internacional. *Oh, oh, fire me higher, don't you miss this time!*

También debería apuntar el spray Aquanet, ese hace maravillas. No se trata de obtener un jopo al estilo Elvis Presley, antes muerta, nadie quiere un cacho gordo y sesentero. Lo que Aquanet te da es algo soberbio, una presencia superior, punky, sí, pero sobre todo espiritual. Voy a usar las palabras de Padre: "una garra". Él lo dice en mala onda, para referirse a los militares, pero la idea me sirve. El Aquanet consigue que tu jopo tenga el filo de una garra de cuervo o gallo gótico. Ni el viento más osado puede bajarte la garra. Lo único malo del Aquanet azul, que es el más fuerte y el más caro, es que tenés que lavarte el pelo todos los días porque si no la caspa te come entera. No sería extraño que te confundieran con una estatua de sal, congelada en el pasado, como Ulises en su mar lascivo. El Aquanet azul puede cambiarte la vida. Claro que si apunto este invento en mi lista de cosas modernas a la monja le parecerá de lo más inútil. Bajo su velo seguro que pueden caminar indescriptibles alimañas.

En fin, hay muchísimas cosas modernas en Therox City, pero es como si no las hubiera. Y yo debería escribir esto, ya que la monja exige que usemos el "pensamiento crítico". Casi siempre se refiere al descontento, a la insatisfacción que uno debería sentir respecto a las "cosas del mundo" (vaya, me la paso colocando comillas, es como si yo no tuviera un lenguaje propio, no en el sentido en que Clara Luz hace suyas todas las palabras), el asunto es que no estés de acuerdo con las cosas supuestamente agradables. Yo no tengo demasiados problemas con el dichoso *pensamiento crítico* pues, a decir verdad, la mayor parte de las cosas me molestan. Me molesta, ya que estamos, este asunto de la adolescencia. Un par de veces le he dicho a mamá que yo no me considero "una chica". Se asustó, pero me explico, no soy ese tipo de chicas que mira a las otras chicas como si tuvieran una cinta métrica automática para calcular cuán desarrolladas están; mi confusión no es una confusión, es un "desfase". Sí, otra vez las comillas, pero esta vez para usar las palabras del neurólogo que atiende a Nacho. Él dice que Nacho siempre vivirá en un "desfase oligofrénico", su desarrollo mental no acompañará a su cuerpo, aunque por ahora están empatados. Pensemos en un clip de "break dance". Oligofrénico, psicodélico, *it's the same*. Exacto, yo tengo este cuerpo de mujercita, pero me falta tanto para ser, por ejemplo, como Livy Soler. Lo admito, no es justo que me compare con Livy Soler. Ella tiene casi dieciocho y está en Tercero Medio del paralelo porque se aplazó dos veces, pero eso no mancilla su súper fama de diva total; tiene el cuerpo bastante desarrollado, con caderas, pechos y un pelo brilloso y con ondas que fácilmente agarran el estilo afro. Pues bien, comparada con ella no puedo llamarme a mí misma "chica" bajo ningún concepto.

Y para la conclusión con "sello personal" que quiere Sor Nuri, quizás hable un poco de mí, quizás deje la objetividad a un lado. Hay un mundo inmenso en alguna parte, planetas que no están dentro de mi cerebro y que no dependen de la "sugestión", galaxias que estallan a mil años luz de mí, de mi cuarto donde no tengo derecho de pegar ni un póster porque Padre odia el "fetichismo materialista". Sí, las verdaderas cosas modernas están en otra parte y ocurren y brillan y hacen feliz a la gente, pero en Monte de la Víbora no las conocemos. Y fingimos conocerlas. Debería escribir esto y hacer añicos mi letra Palmer y firmar con furia y estrujarle mi composición en la cara a Sor Nuri, que no tiene la menor idea de lo que está adentro y afuera del alma. Y en eso, papá sí tiene razón, es una simple "progresista". "Progresista extranjerizante y provinciana", para ser recíproca.

6.

Lo de mamá es otra cosa. Decidió, por consejo de tía Lu, ir a "terapia", pese a que Padre sentenció que no vería un solo peso para cubrir "ese tipo de lujos pequeñoburgueses". Pero la famosa terapia solo sirvió para que Madre durmiera más de la cuenta por las mañanas y llorara mucho por las noches. Inés ya me lo había advertido: "las terapias esas donde vas y hablás con un tipo con cara de LSD sirven para un culo. Lo único bueno son las pepas". Inés asistió un tiempo a unas sesiones con el psicólogo escolar porque, según le dijo Sor Evangelina a sus padres, ella era una completa "disfuncional", una especie de víctima de la imaginación, una versión pueblerina de Juana la loca o de Laurita Vicuña en trance. Nosotras, claro, ya habíamos escuchado esa palabra en una entrevista a "Los sobrevivientes del Ian Curtis Trip", un grupo horroroso peruano, que decía tener contacto espiritual con Ian Curtis. "Somos disfuncionales y qué, el lío es el sistema", desafiaba a la cámara el jefe de la banda; su aliento empañaba el lente. Llevaba una polera que decía "Manchester", pero los ojos estaban vacíos. O peor, eran ojos contentos y fáciles. Inés es capísima para detectar eso, la autenticidad del dolor. Hay gente que dice que quiere largarse, pero está bien enchufada. Las Madonnas, por ejemplo, todas tienen tetas y novios. Inés no. Inés es como yo, tampoco tiene tetas y no quiere tenerlas. Quiere cortarse, rebanarse, irse. Sor Evangelina dijo que los padres deberían ocuparse de ella. ¿O es que acaso no podían contarle las vértebras? Los padres se avivaron y usaron la infalible técnica ping-pong y les dijeron a las monjas que la culpa la tenían los antipedagógicos ayunos y las antipedagógicas madrugadas para acompañar a la Virgen Auxiliadora en su paso auroral por este pueblo infestado de droga. Así cualquiera se pone anémica, dijeron. Entonces le contrataron esas sesiones interminables con un psicólogo con cara lisérgica, y es que las monjas siempre tienen un "As capitalista bajo la manga apostólica y romana" (Padre dixit). Si pedís un sepulturero, ellas también lo tienen. "Y para fontanero, Dios" (Clara Luz dixit). Pero más allá de hacer dibujo libre, no pasó nada con Inés..

Pero volvamos a mamá:

Madre decidió que la única manera de superar lo de Nacho (como si mi hermanito, los ojos de perlas negras, la baba de espuma, fuera algo que tuviera que ser superado) era a través de la Trascendencia. Al comienzo el concepto me dio asco, después lo estudié y lo comprendí mejor en las Enseñanzas de Ganímedes, pero antes lo pregunté en la clase de Sor Nuri y ella me miró chueco. "Supongo que en tu casa se mantienen fieles a nuestro Señor y no andan acudiendo a sectas", dijo, izando con devoción su índice derecho, que es el más chueco. No quise darle mucha cuerda a una amenaza tan estúpida, especialmente porque Padre usa la palabra "fidelidad" para hablar de sí mismo, de su inagotable tristeza trotskista y cómo dejó el alma en el lugar equivocado en la selva equivocada y aun así no se "quiebra". En resumen, *fidelidad* sería para la estirpe Bravo-Genovés algo así como mirarse constantemente al espejo y no estar del todo contento con lo que ves.

En la magnífica e insuperable revista *"Duda, lo increíble es la verdad"* te explican todas estas vainas, el significado de la reencarnación, el karma, las deudas astrales y todo ese sinfín de cadenas mortíferas que uno arrastra a través de todas las vidas, pero el asunto de la *Trascendencia* me complicaba, no podía evitar asociar la palabra con el olor de mis axilas."¡Refregate los sobacos con limón que trascendés!", me decía Clara Luz pornográficamente, sin anestesia ni xilocaína local. Su olfato funcionaba bien y podía captar "los humores ajenos" con solo arrugar la nariz como hace Hechizada cuando quiere poner orden en la casa.

Y como en mi cuaderno tapa dura yo puedo escribir lo que se me da la gana, lo escribo: olor a axilas. Eso es *trascender*, invadir las narices ajenas, sufrir. Abrir la boca y dejar que el mal aliento ahuyente a tu propia hija, que es como Padre hace para mezquinarme izquierdistamente sus monedas antiimperialistas. Por las mañanas, si quiero los cincuenta centavos para el recreo, tengo que contener la respiración, descender a los infiernos de Padre y tocarle el hombro con el meñique, como si estuviera despertando a King Kong. A veces salgo a la superficie con solo veinte centavos.

Trascender…

Uno a veces trasciende a sangre, aunque nadie más se dé cuenta. Es un olor como a un fierro viejo que ha estado demasiado tiempo bajo el Sol y la lluvia. Y es mentira que la menstruación es la gran joda de las mujeres. A mí me encanta el olor a sangre, me alegra, no sé por qué. Incluso cuando Lorena Vacaflor menstrúa, el aroma se me hace superior. La gorda siempre se mancha porque no se han creado toallas higiénicas de su talla. Al menos, esas Súper Toallas no llegan a Therox, quizás existan en Nueva York o Miami, donde la moda es muchísimo más democrática, pero acá no. He estado a punto de sugrirle a Vacaflor que use pañales desechables de bebé para esos días sangrientos, pero no somos amigas y podría tomar a mal un consejo que es absolutamente objetivo y desinteresado. Generalmente nadie tiene ganas de charlar con Vacaflor, ni siquiera sus propias Madonna Friends, y no por lo gorda, exactamente, sino por esa especie de humillación maldita que la hace agacharse ante el menor insulto, marcando como con lápiz carbón los pliegues de su papada. A eso yo le llamo ser una gorda nihilista. Si las Madonnas la tienen en su club es para ahorrarse los oficios en el huerto cuando las castigan o cuando deben hacer una ofrenda manual a la Auxiliadora.

Pero volvamos a los sobacos, por favor: El sudor agrio de las axilas me hace sentir como una perra de la peor raza. ¿A los sobacos dije? Oh, por favor, por favor, quiero concentrarme en mamá. Siempre es así, hablo o escribo sobre Madre y luego me fugo, termino en otra cosa, como esas flores silvestres que se comen la savia de las plantas más disciplinadas o esos árboles descomunales con raíces que se les disparan a lo loco onda peinado "afro", haciendo explotar los ladrillos de patios y aceras. Yo debo ser eso, una raíz salvaje. Una raíz "afro".

Ahora mismo me propongo escribir mamá cincuenta veces para enfocarme, pero a la tercera me canso. Me quedo mirando la *a* redonda, con esa colita coqueta, como la faldita de "Buscando desesperadamente a Susan".

Todo era más fácil antes, en primer grado pongamos, cuando "mi mama me mima" era una oración profunda, real. O luego, en el último año de Intermedio, cuando uno está acabando Tercero, harta de niñerías y de que tus padres vayan a esperarte a la esquina para que no caminés sola las tres malditas cuadras, cuando estás a punto de hacerse definitivamente grande. En Tercero es cuando todo empieza a cambiar, no te imaginás, claro, que las cosas pueden ponerse horribles. En Tercero tenés unas ganas locas de escribir en una pared con spray fucsia: " ¡Aquí vengo!" y que el eslogan haga zumbar a las abejas del mundo. Y de fondo la voz de tu madre diciendo que eso es así y de ninguna otra manera. Hoy todo es distinto. No puedo apostar a que mamá y yo seamos amigas verdaderas. Inés, por ejemplo dice que es mentira que las madres puedan ser mejores amigas. Odian que te divirtás, odian que no te parezcás tanto a ellas. Yo a veces me quedo mirándola sin que se dé cuenta, mientras espera a papá con las luces apagadas en la mecedora del hall, después de darle de mamar a Nacho, los pezones hinchados, casi marchitos. No se ve vieja, pero no sé si deseo ser como ella. Ese asunto de ser "ejemplo" que las monjas nos tratan de inculcar como la gran cosa no es tan sencillo. Las monjas dicen que las madres son un ejemplo y que nosotras seamos ejemplos. Horrible. ¿Por qué no podés equivocarte en silencio y punto? No quiero que nadie aprenda de mí, ni siquiera Nacho, que es mi hermanito menor y llevamos la misma sangre.

Sentada en la mecedora Madre se ve solita. A veces prende un cigarrillo y dentro del humo Madre se ve perfecta, a pesar de los pezones en pellejos. Cuando yo finalmente los deje, quiero acordarme de que ella era así. Linda, callada, fantasmal.

También le miro los pies, siempre inflamados, pero

no es por diabetes como Sor Evangelina, que es diabética y es tuca, y su pata sana es idéntica a la de un elefante, sino porque mamá camina mucho. ¿Por qué caminará tanto mamá? Siempre escoge la tienda más lejana para comprar lo que sea, una aguja o un kilo de papas. Hay cosas que podría dejar de hacer, mandar a la "imilla" de la niñera, o a mí misma. Madre, en cambio, prefiere la calle y, *talón-planta-punta*, meterse hasta en las callecingas de tierra, que ya son pocas, increíble, porque con toda la plata que corre en el pueblo, los ricos hacen asfaltar sus barrios para que sus flamantes vagonetotas Land Cruiser de colores metálicos y randas neón no se empolven. Eso no se veía antes, dice siempre Clara Luz. Debí haberme quedado en Santa Rosa, pero tu abuelo creía que Therox un día iba a ser idéntico a París, que la Reforma Agraria del 52 era una bendición.

La trascendecia de Madre...

Es que tu madre es una bohemia, dijo papá un día de buen humor, y por eso la quise.

Dijo "la quise", porque Padre siempre habla en pasado, como si todo se hubiera ido ya a la mismísima mierda. Su ronquera crónica hace que todas las palabras sean más pesadas, que hagan eco en el estómago, que suenen a maldiciones.

Otro día dijo lo mismo, solo que con un empute rancio que le nublaba la vista, pasándole la mano por el pelo colorado. Tu madre es nomás una bohemia. Papá estaba borracho, pero el enojo era anterior a la cerveza.

Hay un montón de cosas que aun viviendo con mamá no conozco, y no me refiero a su vida antes de mí, cuando era una chica, sino a su vida a mi lado. Yo no sé si ella pensará lo mismo de mi vida. No sé si acepta eso, que uno tiene "una vida". Ella nunca dice "tu vida", dice "tu futuro". Y *tu futuro* es una forma de mandarme a dormir, de que no joda, de que no pregunte, que por ahora no le estorbe, que no crezca. O que crezca sin dar problemas.

Un día Inés y yo nos vamos a ir de este pueblo.

Y no sé si entonces sea *too late for* mami.

7.

Inés dice que no me preocupe, que lo hacen por envidia. Inés dice eso porque me quiere y el amor, como dice Clarita, es tuerto. Yo no tengo nada que alguien pueda envidiar. Y si de venganzas se trata, tampoco me meto con nadie. Allá ellas con sus *Reeboks* de colores y el club de fans de Los Menudo. Hay que ser idiotas para estar enamorada de uno de esos bichos. Por supuesto, yo jamás diré que el que me gusta en serio es Mercury. Mi Freddy. Mi amadísimo Freddy Mercury. Sus Súper Dientes devorando la vida a dentelladas. Yo debería ser su hija o su novia. Ninguna de estas dos cosas es posible.

Mi vida es la imposibilidad. La caca de Dios. Excremento sideral. Supongamos que la revista *Duda* tiene razón y atravesamos un montón de vidas antes de ser personas más o menos aceptables. Supongamos que es así. Entonces podría decir que he equivocado rotundamente el momento y la carretera. Avanzo entre escombros, basura que tiró otra gente, desechos de Padre, cáscaras de Madre. Dios hizo el tiempo, dice Sor Evangelina, para pulir el carbón que es el ser humano y cumplir la promesa de su semejanza. Eso soy, puro carbón.

(Y lo de la semejanza es una estafa).

(Y otra estafa monumental de Sor Evangelina es que "la verdad tiene un brillo diamantino que enceguece". La monja se cree poeta y nos satura la mente de adjetivos paroxísticos, adjetivos infernales, como si vivir en este pueblo paroxismal no fuese suficiente. Una de sus últimas agresiones poéticas tuvimos que anotarla en la lista de la I y escribir tres ejemplos infames: Infatuar. *La moda infatúa a los jóvenes. La droga es una infatuación de los valores. El egoísmo infatuaba a los débiles de espíritu.* Ya tendré tiempo de limpiarme el culo con esa palabra).

Lo cierto es que el papelito apareció en el bolsillo de mi mochila. Lo descubrí cuando metía las reglas y el compás en su estuche, al finalizar el Taller de Dibujo. Con marcador rojo habían escrito: *tu madre es una puta.*

Uno sabe bien de quién es hija, y no me refiero al apellido, sino a algo inexplicable. ¿Podés meter las manos al fuego por tu madre?, me dijo una de las Madonnas al oído, sin que el gauchito se diera cuenta. Claro que el gauchito se da cuenta de pocas cosas, viene, nos enseña algunos trucos, cómo doblar la muñeca para que el trazo no sea crudo, pura vulgaridad, cómo romper la simetría sin lastimar el concepto, habla de música y de viajes y de las dosis de magenta con que hay que aderezar la más elemental de las escalas cromáticas, y las Madonnas pueden levantarse el guardapolvo hasta el cansancio para mostrarle pierna que él está en otra onda. Dicen que es trolo, pero yo no sé. Para suposiciones inyectadas de veneno, las malditas Madonnas.

¿Podés o no podés?, dijo. Su lengua gorda me rozó la oreja.

Yo, claro que podía, achicharrar mis manos por mamá en un fuego lento, como el de las hogueras en las que asaban a las brujas del mil seiscientos y tanto. Las asaban como pollos al spiedo. Porque, y he aquí el punto, porque no me importaba si era cierto lo del papelito. Yo la conocía bien. ¿Qué sabían las otras? ¿Habían visto a mamá con su vestido celeste, el favorito, que le hacía brillar más el púrpura de su melena, caminando por alguna calle de Therox con ese aire de Llorona bonita? ¿Y eso las hacía suponer que mamá era una puta? Quizás solo envidiaban su pelo y la forma en que mamá pasaba de la moda con toda naturalidad. Su vestido celeste lo era todo. Yo había llegado a avergonzarme de eso, del desinterés de Madre por los perfumes y faldas y blusas y maquillaje fosforescentes que habían llegado al pueblo de un rato a otro, en avalancha total. Luego, no sé cómo exactamente, me fui dando cuenta de que esa indiferencia la ponía a salvo de los chismes (eso había creído hasta ese momento). Ni mamá ni yo contábamos con que la crueldad de las Madonnas tenía la misma raíz de otras habladurías: la estupidez. No lo digo por sus notas, que son para largarse a llorar de la risa, sino por algo más profundo que no soy capaz de describir. Ellas no entienden a Mercury, ellas no piensan jamás en lo que habrá más allá del año dos mil, en que eso no está por crearse, sino ya hecho, esperando. Además, les falta inteligencia para calumniar. ¿Mamá escondiendo un macho? Por favor. La burbuja sentimental de mami era incorrompible y no iba a ser un grupúsculo de rubias translúcidas las que conseguirían rajar su membrana. Si lo pensaba al revés, como a veces me gusta pensar para utilizar las estrategias del "pensamiento crítico", las Madonnas actuaban respecto a Madre como las más babosas de las grupis. Su odio era amor.

Pero la más gorda me había soplado en el oído con su aliento a chocolatitos: Y tu papá, un cabrón.

A pesar de la burbuja de hielo en la que Madre se había encerrado para no sufrir por la condición de Nacho, era incapaz de traicionarnos, de traicionar a papá. Y si yo estaba segura de cómo era ella, *"ella"*, no sabía por qué las lágrimas me corrían por los cachetes como si no fueran de sal y agua, sino del mismo líquido que había acunado a Nacho dentro de Madre, haciéndolo flotar como un pez desnudo. Suaves, blandas, las lagrimotas me iban empapando el guardapolvo y lo peor es que así, transparente, se veía que yo no llevaba sostén. No lo necesitaba. Mis pechos son tan diminutos que Inés se muere de la envidia con ese su afán de desmaterializarse. Yo hace rato que dejé de envidiar a las Madonnas. Todas sus protuberancias me llenan de asco. Están encerradas bajo los guardapolvos y puedo jurar que jamás tienen el mínimo plan de fuga. Y quizás está bien que así sea, que se pudran en Culo del Mundo *for ever and ever*.

Me aparté las lágrimas con la mano. Respiré hondo por cinco segundos. Las Madonnas se rieron porque me había manchado la cara con los restos de lápiz crayola. El gauchito nos había hecho difuminar contornos con las yemas de los dedos para trabajar dimensiones con sombra carbón. Pensé en que carbón y cabrón eran dos palabras muy parecidas. Odié los caprichos de Dios. Odié a Sor Evangelina por mentirosa, por metamorfosearnos la personalidad con su lenguaje "fatuo".

Era mamá lo que importaba.

Me abalancé sobre Lorena Vacaflor, la Madonna gorda de aliento a chocolatitos, y le pasé mis dos juegos de uñas sin limar por la cara. Tenía toda la furia de Tom, el gato. Muchas veces me siento así, como Tom, persiguiendo ratones imposibles. Alguna parte del cuerpo de la gorda se impulsó con la fuerza de una raíz cuadrada contra mí, contra mi ira.

Todo se puso negro. Quizás me desmayé tres segundos

o un día completo. No puedo asegurarlo. Desperté con la cara de Sor Evangelina sobre la mía. Y el bullicio nervioso de fondo y algunas risitas. Lorena Vacaflor lloraba en silencio con la cara ensangrentada, restos de rímel en los pómulos. Sus lagrimotas pop no conmovían a nadie.

Vacaflor me había plantado un puñete en la nariz. Yo también sangraba como una cerda, aunque, según Sor Rosa, dueña y señora de la enfermería, no había rotura. El daño en la cara regordeta de Vacaflor era menor, pero ambas sabíamos que las diez líneas que yo le había surcado estaban selladas por un sentimiento distinto al suyo, un sentimiento inalcanzable. No era rabia barata, ahora mismo no sé lo que es, pero puedo apostar mis casetes de Queen a que ninguna Madonna después del "caso Vacaflor" se atreverá a ponerme papelitos en la mochila.

Supliqué que no llamaran a mis padres. Vacaflor también suplicó por el silencio bajo promesas de que nos portaríamos como señoritas que éramos, honrando la bondad de María Auxiliadora, tomando el ejemplo sacrificado de la buena de Laurita Vicuña y encargándonos del mantenimiento del huerto durante un mes. Si las monjas nos indultaron no fue por el repentino acto de contrición que nos transformaba en dos pollos aterrados, sino porque la madre de Lorena Vacaflor es famosa por sus excesos, por su ira doméstica, y poco han podido hacer las sores por indagar más allá o proteger a la gorda. Sin embargo, por lo menos con mi madre querían tener una reunión, en la que no tocarían el tema específicamente, pero le remarcarían su responsabilidad femenina con respecto a mi *futuro*, ¿o acaso no era yo una chica brillante? ("escalofriantemente brillante", dice tía Lu). Si además me convertía en una "chica precoz" o en una "chica problema", Dios le pediría cuentas.

Nos obligaron a darnos la mano. La de Vacaflor estaba húmeda, la mía temblaba. La miré fijo, intentando la miradita nublada de la chica del "Exorcista", para que le quedara claro que si mi mano temblaba era de electricidad y no de miedo. Yo siempre he creído, he querido creer, que entre mis células no hay el dichoso plasma que cicatriza heridas, sino electricidad pura y limpia, y ahora lo comprobaba.

Cuando pasé junto a Sor Evangelina, siguiendo el orden de la fila de chicas que viajábamos en autobús hasta el pueblo, vi en su mirada una electricidad parecida, pero más disciplinada. No debe ser gratis pasar tantos años haciendo de la disciplina tu pan de cada día. Quizás había decidido no hacer el lío más grande de pura pena. Quizás estaba segura, como yo, de que mamá no era una puta. Un vestido celeste y un pelo rojo con dosis de fuego no te hacen puta. Además, estaba Nacho. Nacho nunca sabría cómo defender a mamá. Para eso estaba yo.

Vi a la gorda de Vacaflor caminando por un costado de la carretera con su mandil curtido. Ninguna de sus Madonnas Friends torció el pescuezo para despedirse. Quizás era un código de seguridad, especialmente fuera de la escuela. Padre dice que todas las células, sean político-revolucionarias o religioso-conservadoras, adoctrinan a su gente con ideas Súper Complejas que actúan como códigos de seguridad, aunque yo tengo serias dudas de que las Madonnas puedan manejar un lenguaje secreto sin que les mariposee el cosito. De todos modos, la que me preocupaba era Madre, y de algún modo Padre. Por primera vez sentí una especie de pena por él. Y por primera vez pensé que la leyenda esa que Clara Luz le había incrustado en la mente a su hijo, mi padre, como un chip de los que Terminator tiene en los ojos para detectar a sus víctimas, le había jodido la vida. Por eso siempre estaba sumido en ese magma palpable de dolor. La historia de que el bultito que papá tiene en la nuca es el alma del gemelo nacido muerto, estrangulado por el cordón umbilical, podía ser un error. Pero papá se la había creído a rajatabla con su fe izquierdista y ahora la tristeza nos llegaba a todos como una peste. A todos, sin excepción.

Cuando llegué a casa lo primero que hice fue llamar a Inés por teléfono. Hacía ya una semana que tenía baja médica, pero yo lo sentía como tres existencias seguidas. Esa ausencia, ¿no es acaso un sampleo de traición? Así lo veo.

Quizás acá debería copiar la posdata de la chica Frank: "P. D. No olvide el lector que cuando fue escrito este relato, la ira de la autora todavía no se había disipado".

8.

La primera vez que vi al Maestro Hernán no sabía que él era él, pese a que había hecho un verdadero trabajo de investigación pagándole a la niñera, con plata robada de las cajas de zapatos de Padre, para que siguiera a mami en una moto los jueves por la noche, cuando tenía sesión. Sabía, pues, que el Maestro Hernán, el mismo que escribía esas fascinantes Enseñanzas de Ganímedes, vivía en una casa rodeada de naranjos y toborochis de flores alucinantes y que en la puerta de su templo tenía colgada una estrella de David de madera rústica. La niñera solo dijo que de esa casa salían aullidos. Pensé en corregirla, en decirle que eran vocalizaciones, mantras, formas de electricidad, pero me dio pena complicarle la existencia con mi estrafalario vicio del lenguaje y las metáforas punky. Aullidos, dijo ella, tu madre aúlla con otras gentes en esa casa de la circunvalación. Al Maestro Hernán no pudo verlo de frente, pero a mamá sí. Ella cerraba los ojos y aullaba junto a otras mujeres. Pobre el Nachito, pobre guagua, remató la niñera. Y en eso estuve de acuerdo.

Ese día la Madonna Vacaflor y yo habíamos salido a buscar tierra negra para abonar el huerto. Nos habían dado treinta minutos de plazo para regresar con la carretilla eructando tierra. Luego, si nos quedaba tiempo, íbamos a trapear el piso de la enfermería y desinfectar los pomos de puertas, ventanas y gavetas. Una ola de Mayaro nos había llegado directo desde el Brasil y Sor Rosa estaba empecinada en que el mal se contagiaba por todas las vías, no solo por la picadura del mosquito. "No os paséis de listas chavalas, que el ojo de Dios es potente, y trabajad concentradas, ¿eh?, puñado a puñado", dijo Sor Rosa, con los brazos en jarras. La Madonna la imitaba bien y por eso comencé a simpatizar un poco con ella.

En los terrenos aledaños a la escuela era difícil encontrar tierra negra que no estuviera ocupada por sembradíos de coca. Están collificando Therox, dijo la Madonna. Y es cierto. Padre dice que así empieza la Nueva Conquista. Primero los españoles y ahora la hoja de coca. Donde antes hubo árboles de naranja, mango o guayabas, ahora reverdecía la hojita que había revolucionado el país. Pero a la Madonna le parecía que eso era perfecto. Sin esto, a podrirse, dijo la gorda.

Recién encontramos tierra húmeda, negrísima, cerca de la casa del naranjal. De buenas a primeras no asocié el lugar con las clases espirituales del maestro místico o con las fococopias de las Enseñanzas de Ganímedes que Madre escondía bajo su lado de la cama y que yo había comenzado a leer como poseída desde que Clara Luz interrumpió su suscripción a la revista Duda porque necesitaba toda la plata posible para sus tanques de oxígeno. Lectura veloz a la hora de la siesta. Esas Enseñanzas me habían hecho pensar que, más allá de lo material, todos éramos energía, y lo que hacíamos con la energía no dependía de una moral, sino de un sentido de la evolución. Éramos como la albúmina, la albúmina del huevo que es pura placenta, puro destino, puro movimiento hacia otra cosa. Un huevo, en sí, no tiene sentido. El huevo es el mejor ejemplo de la energía. ¿Thor es también energía? Es, claro, una pregunta de las que Sor

Evangelina califica como "retórica" y sanciona *ipso facto* con dos puntos en negativa porque dice que a ella no le verán "la cara de farisea a la que pueden distraer con sofismas". Thor, claro que Thor es energía. Yo estoy híper segura de que el cachorro que mamá trajo por consejo del neurólogo (para avivar a Nacho) es, no puede no serlo, energía de la más pura. Sin el fracaso denso de papá, sin la patética tristeza de mamá, sin mi dolor. De él sí podría la niñera decir que aúlla, que aúlla para respirar.

La Madonna recogía la tierra con sus propias manos y, "puñado a puñado", la vaciaba veloz en la carretilla. Yo usaba un balde chiquito y con el culo del recipiente aplastaba los promontorios que se iban formando. La idea era hacer las cosas bien para no hacerlas dos veces, cuestión de disciplina. Pero acepté que la Madonna era igual a velocidad y yo a eficacia, ese tipo de fórmulas que siempre está armando Súper Muleta en la hora de la consejería.

Un jeep de vidrios oscuros pasó por el camino de polvo, el que bordeaba las zonas verdes. Bajaron la marcha cuando nos vieron. La Madonna dijo que no levantáramos la cabeza. Pitearon, pero nosotras seguimos agachadas, recogiendo tierra y abono. Risas desaforadas, borrachas, brotaron de las ventanillas. Tuve ganas de levantar la cabeza y escupirlos. Es fácil ser hombre. Es facilísimo. Abrís la boca y reís. Partieron haciendo chirriar frenos y embragues o lo que sea que saca chispas a un vehículo. Entonces hicieron flamear un trapo blanco ensangrentado y sentí un mejunje de rabia y tristeza, eso que me viene y que Clara Luz llama corazonada. Si el tincazo es malo, le llama "la corazonada negra". Era una corazonada negra.

No les des bola, dijo Vacaflor, aunque achicaba los ojos, como memorizando la placa. Igual, de nada nos iba a servir. En Therox todos los cowboys son una escoria, pensé, no sé por qué, con una rabia pistolera, sintiendo que me gustaría ser un sheriff o alguien con autoridad y poder de esos de las historietas de Magnum 45 y que matan a los malvados como quien hace puré una cucaracha.

Nos quedaban diez o quince minutos; casi habíamos terminado. Había llegado el otoño y los días comenzaban a encogerse arrumbando la luz en esa parte del cielo que está lejos de ser el horizonte, pero que tampoco posee la claridad infantil y blanca y llena de esperanza de la tarde . Una lenta nube de mosquitos descendía desde los árboles. No nos habíamos puesto repelente. Imaginé a la gorda derritiéndose por el Mayaro, convirtiéndose en un río moreno y fatal, en el que se ahogarían una a una todas sus Madonna Friends. Sacudí mi cabeza para espantar la invasión de los mosquitos asesinos. Uno me picó en el talón y maldije, ese es el peor lugar para que te pique un mosquito.

Ya tenemos que volver, dije.

¿No te animás a tumbar unas cuantas? La gorda miraba salivante las naranjas del árbol. Estaban maduras y la piel porosa se veía tierna.

Las monjas nunca nos dejaban cruzar mas allá de los terrenos vecinos, parcelas que en realidad también le pertenecían a los salesianos pero en las que permitían instalarse a familias pobres, especialmente cerca del río; de modo que haber llegado a la casa del naranjal era una falta que podrían hacernos pagar con sangre. Si encima nos hacíamos de un problema por robar frutos, estábamos jodidas. Nos habíamos arriesgado con prudencia con lo de la tierra.

En un santiamén y con una agilidad impensada, Vacaflor se empalcó en una rama y comenzó a arrancar naranjas con la derecha, aventándomelas con la izquierda.

Escóndelas entre la tierra, ordenó.

Las naranjas hacían un sonido seco al caer, yo no quería que se magullaran, que agriaran su jugo. Cuando la Madonna iba a lanzarme la última naranja, descubrimos al tipo que nos miraba desde el interior de la casa. Nos miraba con atención, sin rabia, casi divertido.

Al principio creímos que era un fisgón. Solo veíamos su torso desnudo en la ventana, mirándonos.

Las intrusas somos nosotras, aclaró Vacaflor. Es inteligente, pero lo oculta debajo de toda esa carne, debajo del pecho, tomado casi por completo por sus glándulas mamarias. Debe ser agotador disimular todo el tiempo, fingir que sos una Madonna total, hacer de cuenta que estás conforme con todo, que te gusta Menudo, que tu felicidad pop Made in Therox no tiene precio, que podrías acostarte con un falso rockerito o un viejo hediondo y platudo por ganar una apuesta.

El hombre entonces se asomó por la puerta trasera de la casa y nos saludó mostrándonos las palmas de sus manos. La Madonna se apeó con la misma ligereza de un mono con la que se había encaramado en el árbol y nos acercamos en cámara lenta, calculando el espíritu del enemigo. Eso nos tomaría como siete segundos.

¡Las encontré con las manos en la masa!

Lógico. Las uñas llenas de tierra negra eran una evidencia terrible.

La Madonna sonrió primero. Luego cedí yo. Era una buena manera de comenzar.

¿Esa parte del terreno es también suya?, preguntó Vacaflor, más cancherita con los adultos. Las Madonnas salen, no todas, con señores grandes que le entran al negocio, eso explica los *Reeboks* y la cantidad de chamarras Calvin Klein originales, gringas. (Por eso las monjas han prohibido tajantemente usar prendas de vestir que no correspondan con los criterios de Laurita Vicuña. Hay una Laurita maniquí en el atelier de Sor Rosa y un montón de cartelitos que explican la funcionalidad de su ropa. El fustán es rosa, un detalle, por lo menos, que se agradece).

Nada de aquí es mío, dijo el hombre que todavía no era Hernán, sino un hombre que por alguna razón tonta me gustaba. Yo nunca he dicho o escrito eso, que un hombre me gusta, no hasta ahora, y tampoco tengo ganas de profundizar demasiado.

¿Entonces cuyo es?, insistió la Madonna. Teníamos la carretilla repleta de tierra negra y el reloj ahora totalmente en contra. Las monjas nos iban a hacer picadillo.

Lo alquilo, dijo el hombre. Esto es un templo.

¿Un templo? ¡Por favor! ¿Alquila un templo? No veo ningún crucifijo por aquí.

El hombre sonrió. No quiso entrar en debate con la Madonna. Sin embargo apuntó a un maltrecho espantapájaros que no habíamos visto al comienzo y que asomaba su tiesa cabellera detrás de una camioneta Ford toda oxidada.

Él tiene los brazos en cruz. Es cuestión de formas.

Tiene un patio muy pródigo, dijo Vacaflor, mirando los árboles altos, y yo me quise desmayar. Jamás hubiera imaginado una palabra bíblicamente inteligente en su bocaza.

Los árboles son antiguos, dijo el hombre. Pero algunas plantas las he cultivado yo. La salvia, por ejemplo, no se da por semilla, me conseguí un gajo y ha sabido ser feraz.

Dirá feroz, lo corrigió la gorda.

No, sonrió el hombre. Feraz, de feracidad. Es una planta fecunda que solo necesita agua, Sol y amor. La sombra es destructiva.

La gorda ni se inmutó. El pudor no es lo suyo.

¿No quieren pasar?

La Madonna y yo nos miramos tentadas. De la casa salía un aroma dulce y tibio y estábamos cansadísimas. Pero las mejillas rojas, la baba seca en las comisuras de la boca, el cuello venoso, los ojos saltones de Sor Evangelina nos disuadieron telepáticamente. Esta vez sí llamarían a nuestros padres y lo que habíamos anunciado como "trabajo voluntario para la comunidad" iba a revelarse como lo que siempre había sido: "una penitencia para erradicar la pulsión de la discordia". ¡El Mal!

Otro rato. Volveremos. Siempre pasamos por aquí, ¿sabe? Somos alumnas de la escuela que está más allá. ¿Vive solingo?

El hombre sonrió otra vez. Los dientes blancos eran una cosa demasiado joven en su cara de adulto. Padre tiene buenos dientes y dice que yo los he heredado, dientes que exceden el molde de las encías, que exigen darwinianamente la extracción de los más débiles para habitar la caverna de la boca, pero los colmillos de papi son dos clavos amarillentos por el cigarro y el café. Los del hombre eran, en cambio, dientes en los que yo quería poner mis dedos, como si él fuese un cachorro y yo su ama.

Tú nos has dicho nada, Genovena, dijo el hombre leyendo mis pensamientos, pero está bien así.

Sentí que ardía. ¿Cómo ese hombre que había surgido de la oquedad de la tarde sabía mi nombre, mis sentimientos? Clara Luz me había contado de gente que puede leerte enterita, el alma, los pensamientos, la primera emanación del sudor, los más íntimos "humores". Quería llorar de la vergüenza.

Vacaflor me miró y guiñó un ojo. ¡Mierda! Seguro pensaba que yo era igual a mamá, que a mí me gustaban los machos.

Corrí con las manos negras de robar tierra. Dejé a la Madonna atrás con la carretilla y las naranjas camufladas gritándome "¡Gen, Gen!". Corrí y corrí, amparada de a retazos por la sombra de los arbolangos, licuando en la panza el sándwich de jamón y queso "made in Madre" con la bilis de la vergüenza, y solo me detuve para vomitar a unos pasos del portón de la escuela, bajo la mirada inútilmente compasiva de la Auxiliadora.

9.

Claro. Obvio microbio. Yo misma había bordado mi nombre en el bolsillo superior del mandil. De modo que eso fue lo que leyó el Maestro. Dijo "Genoveva" como si me conociera porque en realidad me conocía. Me conoce bien. Las Enseñanzas de Ganímedes que mamá traía cada jueves fueron nuestro primer contacto, aunque ninguno de los dos lo supiéramos. Es así.

Ahora me siento ridícula por haber huido de ese modo. ¿Qué habrá pensado? ¿Qué soy una inmadura? ¿Qué me descalabro si cualquier hombre dice mi nombre con su voz testosterónica? Odio cuando las personas suponen eso. Padre me ve de ese modo, como una fruta necia. Quería verlo de nuevo. Así estuve una semana, inquieta. Mamá no se dio cuenta, anda distraída y es mejor así. Ya no tiene los pies inflamados y a veces, mientras fuma mirando el cielo, mirando Ganímedes, pues ella sí puede verlo con esos nuevos ojos que la Trascendencia le ha dado, ojos que ven en la distancia y la negrura del universo, expulsa anillos de su boca. Anillos de humo por donde uno puede meter el dedo o el brazo completo. Anillos perfectos que se deshacen en el aire. Supongo que cuando nadie la ve, mamá se escurre completa por esos anillos y cruza a otros lugares, a otros países, a otras vidas, vidas donde no tiene dos hijos ni un marido depresivo. O donde ella misma es otra persona, quizás alguien más inteligente o profundo que la chica Frank. Otras veces solo mira al cielo, mientras las cenizas del cigarrillo caen y caen, en brasas, y en el suelo estallan y entonces pareciera que mamá vive entre dos universos, uno sobre su cabeza, gigante, monstruoso y perfecto, y otro alrededor de sus pies, sucio, diminuto, enfermo.

Quería verlo y no sabía qué excusa inventar para salir por la tarde. Fue gracias a Nacho que apareció la solución. Mamá dijo que tendría que ocuparme de él porque la niñera iba a quedarse velando el sueño de Clara Luz, que está cada vez más apagada, la pobrecita, y que yo debería estar pendiente de Nacho. Mi trabajo en el huerto ya ha terminado, pero dije que tenía derecho a unos frutos y que las monjas me habían pedido que los recogiera por la tarde. ¿Por qué no te los dieron al salir de la escuela?, preguntó Madre, un poco más avispada. Para no despertar la envidia de nadie, dije, como si las Madonnas o cualquier otra chica fuese a sentir envidia por tomates, apios y pimentones recién nacidos. Mamá aceptó la mentira y solo me pidió que entonces me llevara a Nacho conmigo, que "la vieja" apenas podía respirar, se ahogaba todo el tiempo y precisaba cuidados. Una lanza de culpa me hizo un anticucho el corazón. Prometí dentro mío que de allí en adelante me ocuparía yo misma de cuidar a mi abuela con el mismo amor y paciencia con que ella me había enseñado el arte de pinchar con alfileres los cuerpitos de arroz y arena de los muñecos de vudú, mientras se amasa el deseo o la maldad.

Acomodé a Nacho en el carrito, papá nos dejó en el portón de la escuela, esperé a que el jeep se perdiera con su propio polvo. Seguro papá regresaría temprano. Temprano al amanecer del día siguiente. Él dice que sus jugadas de cacho son un desahogo miserable. Así dice, le gusta esa palabra, "miserable". Ojalá por lo menos la dijera en latín, como Clara

Luz: "miserabilis", con tilde en la a, y alargando un poco la parte de "bilis", porque "la pobreza nace del hígado" (Clara Luz dixit). Padre nunca diría algo más poderoso: nunca diría "patético", "pus", "puñalada" o "precoz", sus palabras son todas izquierdistas. Madre dice que Padre se la pasa en la taberna del catalán, el hombre gordo sin dedos que estuvo en la Primera Guerra Mundial o en la de Vietnam, o en la caída del Impero Romano, en fin, en una guerra más fea que la del Chaco, que es la guerra en la que Padre hubiera querido estar, escuchando durante horas las leyendas bélicas del tabernero, "pues lo suyo son verdaderos testimonios" (a papá el asunto de los "testimonios" le vuela la cabeza. Luego de obligarme a leer El diario de Ana Frank, y por si a alguien le quedaba alguna duda de sus métodos de tortura trotskista-comunista, se le metió en el cerebro que yo debía conocer también las cartas de Cristóbal Colón. Por suerte no ha podido conseguir ni una copia al carbón de esas susodichas cartas, como si a mí la vida de los demás me importara tres peniques. Sí, acabo de escribir "penique").

El tabernero fue quien le enseñó a Clara Luz a hacer "marraquetas catalanas" cuando la gente dejó de morirse tanto. Ese es un fenómeno inexplicable. Clara Luz dice que cuando ella era más joven, o menos vieja, siempre había un "muertito" y que la gente apreciaba las oraciones en latín. Ahora los gustos se han degradado, dice Clara Luz, ahora no les importa si las almas se pasan una eternidad en el purgatorio porque los rezos pierden su poder original made in latín, así no hay compromiso. Entonces fue que comenzó a combinar las rezadas con la panadería. Lo del vudú siempre fue un negocio clandestino de Clara Luz. En realidad todo el mundo le conocía el oficio, incluso Padre, que ha tenido que tragarse su vergüenza ruso-socialista porque "con eso hizo sus estudios en La Paz".

En la taberna, en el cacho o sobándose el bultito de grasa mientras mira, nervioso, una pelea de gallos, lo cierto es que los jueves Padre sale de casa y chau pescau. Otro oxígeno cubre la faz de la Tierra.

Cuando papá nos escupió del jeep en el portón de la escuela, a los pies inmaculados y fríos de la Auxiliadora, agarró velocidad cuarta y desapareció en la nube de polvo como hace el Pájaro Loco cuando persigue al coyote. Nacho y yo, por nuestra parte, agarramos camino hacia la casa del naranjal. La Auxiliadora nos miraba muda con su sonrisita lisérgica, sin poder detenernos.

Si era cierto que el Maestro Hernán era un tipo solitario, seguro que iba a encontrarlo en su templo alquilado, orando o escribiendo las Enseñanzas de Ganímedes. Mamá dice que es él quien las escribe en estado de "mediumnidad".

Ese iba a ser mi pretexto. Iba a tocar la puerta con una lista de dudas ideológicas, dudas religiosas, iba a parármele toda seria en el umbral con un asunto importante entre manos.

Había alistado un artículo de la revista Atalaya de las que abue coleccionaba cuando recibía las visitas de los Testigos de Jehová y a cambio ella les ofrecía vasos de mocochinchi o tazas humeantes de té con canela. Clara Luz es quien me enseñó la Ley de la Reciprocidad y esa ley nunca falla. Es muchísimo más satisfactoria que la Ley de la Humildad de la monjas: "dar la otra mejilla", "gastar la vida como una goma de borrar", "perdonar setenta veces siete y la raíz cuadrada". *Oh, oh, Sister I live and lie for you...*

La Ley de la Reciprocidad es menos ñoña, más parecida a "ojo por ojo" que a "hoy por ti, mañana por mí". Clara Luz dice que la reciprocidad consiste en dar algo a cambio de lo que se recibe, pero ese algo no tiene por qué ser una copia tediosa. La Ley de Reciprocidad es solo una respuesta: podés responder con una bofetada al que te ha amado, o con amor al que te ha traicionado, o con traición al que te ha alimentado, o con alimento al que te ha maldecido, o con vudú al que te ha dado la vida y la incondicional bendición. Es la Reciprocidad lo que hace que la vida avance, dice mi abuela, hacia donde tiene que avanzar. Y a diferencia de Madre, cuando ella habla así, jamás utiliza la archiconocida palabra "futuro". Futuro es una palabra chantajista y barata.

Coloqué a Nacho en la mantilla negra, al estilo de las cholas, y alisté la revista sobre mi pecho, como un escudo. Hola, practica en el camino, suavizando mis cuerdas vocales. Hola, hola, buenas tardes Maestro, ensayaba. No he podido superar del todo los vuelos involuntarios de mi voz hacia los tonos agudos, que, según Sor Nuri, son los peores, los más problemáticos para integrarlos a un coro de samba. Quizás no debería decir nada. Esperar a que el Maestro, con sus capacidad trascendental, me leyera la mente.

Había llenado de preguntas los bordes de la hoja donde aparecía el reportaje, en la carátula central una imagen aterradora ocupaba casi la totalidad de la página. Dos ángeles de cabellos largos, como los usan los Bee Gees, empinaban unas trompetas enormes de las que brotaban llamaradas de fuego y culebras hacia un cielo hondísimo, sembrado de manos anónimas desesperadas en lugar de astros o lunas. En el recuadro explicativo, bajo los títulos de colores, decía:

"Después vi a otro ángel poderoso que bajaba del cielo envuelto en una nube. Un arco iris rodeaba su cabeza; su rostro era como el Sol, y sus piernas parecían columnas de fuego. Llevaba en la mano un pequeño rollo escrito que estaba abierto. Puso el pie derecho sobre el mar y el izquierdo sobre la tierra, y dio un grito tan fuerte que parecía el rugido de un león. Entonces los siete truenos levantaron también sus voces. (Apocalipsis 10:1,2,3)".

Yo había escrito a un costado: ¿Qué decía en ese rollo? ¿Así será el día del Juicio Final? Mi abuela dice que bajarán también muchos Jesucritos idénticos, obsesivos, como una banda inglesa de rock psicódelico, con efectos de cámara, me imagino, y el desafío consistirá en reconocer al Verdadero. Quien elige al falso se va al infierno directamente, sin escala. Este acertijo me parece tan cruel como el cuento del "Rey desnudo".

En el reportaje principal de ese número de Atalaya, titulado "La cuenta regresiva hacia el fatídico año 2000 ha comenzado", se leía un subtítulo en letras solo un poco más pequeñas, violetas, con bordes negros, tipo góticas: "144.000 almas serán salvas. Sé tú parte de esa cifra bienaventurada". La foto que ilustraba ese reportaje mostraba a un trío de chicos vestidos normalmente, con bluejeans y tenis, que si bien no eran Reebok, se veían modernos, en onda. Dos muchachas y un chico sonreían y un aura rosada les enmarcaba los cuerpos. Una imagen más pequeña mostraba un mar turbulento en el que navegaba un barco de velas de fuego. El texto describía a una mujer hermosa y cruel, dominando una bestia cornuda y a punto de beber una copa inmunda. Decía:

"Y la mujer estaba vestida de púrpura y de escarlata, y dorada con oro, y adornada de piedras preciosas y de perlas, teniendo un cáliz de oro en su mano lleno de abominaciones y de la suciedad de su fornicación. Y en su frente un nombre escrito: misterio, Babilonia la grande, la madre de las fornicaciones y de las abominaciones de la tierra".

Yo había escrito en el margen: ¿Existían los tatuajes en esa época? Pero, ¿quién era esa mujer tan poco púdica? ¿Magdalena? Todo esto pensaba mostrarle al Maestro Hernán. Le diría que esas lecturas me habían llenado las noches de pesadillas, que yo sabía que en Therox bastaba un pucho cargado para hacerte alucinar con eso y más, pero que yo, lo juraba por la vida de mi abuela, jamás me había metido nada, ni por la nariz ni por las venas, que una vez había intentado un viaje a punta de Coca Cola con aspirinas, pero solo sentí que estaba más despierta, ni siquiera más feliz o eufórica. Curiosidad, eso sí, no me faltaba. Y conocía el nombre de todas las drogas de este mundo, sus nombres tan cantarinos y sus efectos oscuros, pero todo en teoría, porque Sor Evangelina nos los había detallado "químicamente" en la clase de Valores. Le diría que estaba asustada, que había escuchado decir a mamá que él tenía respuestas para todas las preocupaciones del alma. Ayúdeme, le diría.

Claro que no le contaría lo que, en verdad, la lectura de Atalaya me había provocado. Una vergüenza punzante me dolía en las costillas. La única que está de acuerdo con que los sentimientos duelen en el cuerpo es Inés, a quien hace muchísimo que no veo porque la tienen recluida, la obligan a enchufarse sueros con vitaminas y a dormir después de las comidas, cubierta por muchos edredones como si temiera la visita metálica de Freddy Krueger. Las monjas, en cambio, dicen que los sentimientos duelen en el alma, y que es el alma lo que debemos cuidar, el cuerpo envejecerá, morirá, volverá al polvo, dicen. Ese desprecio que ellas sienten por el cuerpo me pone nerviosa. Jamás entenderían lo que Clara Luz sabe sobre vudú. Es el alma, sí, lo que hay que dañar, pero Clara Luz lo hace a través del cuerpo. Y ni siquiera. A través de los muñequitos rellenos de arroz y arena. Los enteringo blancos, vacíos de toda señal, esos son los peores. *Oh, oh, Fear me you Lord and lady preachers, I descend upon your earth from the skies, I command your very souls.*

La primera vez que leí esa parte del Apocalipsis, la descripción de la mujer de Babilonia, muchas imágenes se me vinieron a la mente. La veía claringo, con una falda púrpura, rojísima, y un chal transparente escarlata, que según la teoría cromática del gauchito, es un colorado menos intenso, con dosis extra de violeta. (El gauchito usa la palabra "dosis" un millón de veces por día). El chal dejaba ver sus senos, todo esto en mi imaginación, claro, y la mujer estaba descalza y, al comienzo llevaba pintadas de un púrpura oscuro, como la sangre seca, las uñas de los pies. Pero luego me corregí y le despinté las uñas porque en esa época, incaica por decir algo, no había cutex. Y su bestia-mascota era también colorada, con plumas maravillosas que le hacían cosquillas a la reina de Babilonia. Y la bestia-mascota le lamía los pies y los cubría de una saliva tibia parecida a la miel. Y le lamía las rodillas y el saperoco. Con estas cosas en mi mente me acosté esa noche. No soñé nada, ni bueno ni malo, pero desperté a

alguna hora de la madrugada, la casa estaba en silencio,
Padre no había llegado de la taberna del catalán y Madre
dormía de barriga, con su hermoso pelo (rojo también,
con *dosis* de luz dorada) cubriéndole la cara. Nacho dormía
abierto, como una rana feliz. Yo tenía una sed insoportable,
y eso que no hacía tanta calor. Fui hasta la cocina, me serví
un vaso de agua, salí al patio y me acomodé en la hamaca.
Comencé a mecerme despacito, como cuando tenía siete y
jugábamos con Inés a que la hamaca era una nave espacial a
propulsión, una nave tan potente que podía pulverizar con
su radiación a cualquier ovni o cúmulo sideral. Me impulsé
con los pies y los levanté como entonces. Y volví a sentir las
cosquillas de esos días bonitos, unas cosquillas en el vientre,
en el cosito, en las rodillas y las plantas de los pies. Y el calor
se hizo cada vez más rico, mientras imaginaba que la reina
de Babilonia era yo, yo misma, yo con una caperuza de tul
transparente que dejaba ver mis pechos chiquitos, pero con
sus pezones cada vez más puntiagudos gracias a las chupadas
de Nacho. Y así, meciéndome cada vez más alto, supe que la
reina de Babilonia era preciosa, que enloquecía a todos los
reyes con su carne blanda y blanca. Me apreté los muslos
y deseé ser mucho más blanca, tanto como mamá. Y pensé
en el Maestro Hernán, que él era quien lamía mis pies y me
sonreía y no había nada de malo en ello.

Como en la canción de Mercury, de ese modo me convertía
yo en la todopoderosa dueña de los siete mares de Rhye.

Por supuesto que yo no estaba loca para contarle toda
esa fantasía. Ni a él ni al cura polaco en los miércoles de
confesión. Prefiero morirme a contárselo a alguien. De

modo que cuando toqué la puerta y el Maestro Hernán salió vestido con un pantalón café viejo y una camisa blanca, me quedé como tres minutos en silencio.

Él, como estaba previsto, me leyó la mente, cada minúsculo rincón cerebral, cada temblor, cada ansiedad.

10.

Miro fascinada una mosca. Una mosca negra, una mosca tan común como la mierda.No es una mosca azul con chispitas esmeraldas, como las que hacen sobrevuelos, tipo helicópteros de la DEA, por encima del puchi blando de Nacho. Esas son moscas artísticas, con dosis índigo. Esta, en cambio, es una mosca sencillita, toda corazón.

Miro una mosca. ¡Una mosca!

¿Dónde?, pregunta el Maestro Hernán. Sin embargo, apenas se mueve. Sentado en posición de Buda, ha estado meciéndose con las ondas vibratorias de "Om" durante largo rato. Su voz todavía tiembla. Su voz me hace cosquillas en las orejas, en los hombros, en el cuero cabelludo. Soy una piel alerta.

Allí. Estiro mi brazo para indicar la exacta posición de la mínima criatura. Mi brazo tarda un siglo en levantarse, como el ala de un pájaro gigante. Cruza el espacio de la sala, se extiende, penetra en las moléculas. Marzziano dice que todo es materia. No hay vacío. Tengo tantas ganas de reír. Y de llorar. Todo está habitado y aún así es demasiado puro.

¿Dónde?

Apunto a los residuos de "los elementales de la percepción" que el Maestro Hernán ha depositado en un platillo, sobre un taburete. La mosca esta allí, hermosa, con sus dos ojazos ónix mirándonos también.

Hola, le digo con alegría, con un sentimiento de amistad irresponsable que no sentía desde hace mucho (porque Inés me hace sentir estúpidamente en deuda). Hola, hola.

La mosca no contesta.

Hola estrella negra, le digo.

Hola estrella muerta, insisto.

Hola Patética, la mimo, intentando acariciarle las alitas, pero mi mano no responde. Se ha quedado extendida como una lanza grecorromana.

El bichingo da saltitos sobre el minúsculo cementerio de hojas de salvia. Luego despliega un vuelo corto hacia la pared, junto a un cuadro de pinceladas verticales, desinspiradas. Pinceladas azules que el Maestro Hernán hizo en algún momento para comprobar que las cerdas del pincel se habían abierto y así, florecidas, no registraban la vibración de su mano. Quería expresar el paso y la influencia del cometa Halley en la civilización que está a punto de brotar.

Deje en paz a esa criatura, dice el Maestro Hernán, con los ojos cerrados. Seguro puede verme a través de los párpados.

Entonces intento yo también cerrar los ojos, repasar la última Enseñanza, la del Plenilunio de Tauro, que dice que uno debe estar preparado para recibir una teofanía. Uno puede prepararse con el ayuno, pero también abriendo las puertas de la percepción. La salvia, esa hojita que el Maestro Hernán ha cultivado en su patio trasero, es un elemental de la naturaleza. Podés masticarla, como acullicando coca, o podés fumarla e inhalar su humo por la nariz, la boca y todos los poros sedientos y ciegos de tu cuerpo. Mientras fumás la salvia, metida en un cilindro de papel tissue, el que sirve para calcar dibujos, parecido a las páginas anémicas de la Biblia, las chacras necias de tu personalidad van cediendo, y entonces estás lista para recibir y entender una teofanía. En la escuela nos han inculcado algo parecido, que Dios está en todas partes, en lo más pequeño y trémulo, en lo obvio y luminoso, pero depende de tu maldita fe verlo o no verlo, y no existe otra dichosa técnica. Si las monjas supieran que con la ayuda de la salvia podés sentir, ver, oler, tocar la dulcedumbre de Dios, se rasgarían las vestiduras entre alaridos punk y otros signos de interjección.

El Maestro Hernán de pronto se incorpora. Por algún motivo no me sirven los números ordinales para contar el tiempo, este tiempo, si cuento trece, catorce, quince, el momento se desfigura. Solo sé que afuera se ha amotinado un montón de oscuridad, de nubes turbias, y que quizás Nacho o Clara Luz me necesiten. El Maestro Hernán dice que de algún modo estoy preparada para la iniciación, pero que no será ahora, sino la próxima. Debo ir cortando las ataduras.

Me da de beber mucha agua. Me obliga a comer medio potecito de conserva de naranja.

Míreme fijo, dice.

Lo miro por cinco segundos. Ahora puedo contar.

Ya esas pupilas no lo miran a uno tan impertérritas, dice. (Yo me guardo la palabra, me trabo mentalmente en un cuerpo a cuerpo muy esdrújulo: im-per-té-rri-tas). La próxima vez nuestra sesión será a la medida de lo que planeamos, dice.

Yo no sé muy bien lo que planeamos, pero él habla en plural. Y yo estoy ahí, yo estoy en eso que debe ser el Plan de Dios, el trazado incandescente e invisible para los tontos, el trazado de una vida distinta, lejos de las tinieblas de Therox.

No tengo que suplicarle demasiado para que me regale un puñado de "florecillas de salvia". Usted es muy graciosa con esas palabras de viejo, dice.

Ya en mi cama, esparzo las hojitas de Salvia sobre la mantilla negra. Son cincuenta arduas hojitas. Cincuenta formas de avistar a Dios.

11.

¿Te gusta?, le pregunté a Inés, por preguntar nomás. El *crac crac crac* de las hojas quebrándose bajo nuestros tenis nos tranquiliza siempre. Es lo bonito del otoño, el piso amarillo como una bandeja larga con galletas de vainilla. Lo malo es que las hojas quebradas me hacen pensar en los pulmones de mi abuela Clara Luz, sus "pulmones como charque viejo", así dice ella, haciendo esfuerzos de orangután para respirar. Pobrecita. Imagino sus pulmones colgando de la pita de colgar ropa, achicharrándose por una sal enfermiza que los reseca, tronchándose en un crac crac lento, como los primeros acordes de un bajo.

Inés dijo que sí, le gusta ese sonidito. Pero yo la vi triste. El juego de las sombras ya no la distrae. Ahora que Inés está un poco mejor salimos los sábados a caminar a las 11 y 45 en punto. Dejamos las bicicletas en la casa del Maestro Hernán y caminamos pisando las hojas deshidratadas por la avenida de los árboles que va hasta el colegio. Antes de llegar al cartel que dice en letras semigóticas **"Escuela Salesiana de Señoritas María Auxiliadora"**, nos paramos y nos concentramos con todas las células, tejidos y nervios en nuestras desapariciones. Es un juego tonto, de niñas ingenuas, algo que ya no tiene la misma magia de cuanto teníamos doce o trece, pero volvemos a él aunque ya estemos grandes, porque, y me encanta decir esto: en la repetición está el gusto. (El gauchito dice que el arte, cualquier arte, es una repetición de la realidad, y que como toda repetición tiene algo de "placer sexual". Al gauchito esa metáfora le valió una junta de padres y un acto de contrición súper vergonzoso. Padre y Madre, por supuesto, no asistieron).

Ya he dicho que Inés está obsesionada con desaparecer. De modo que paradas allí, bajo el Sol del casi mediodía, contamos los segundos que tardan nuestras sombras en meterse bajo los pies igual que gusanos grasientos. Se escurren y ya está. Podés mirar a los costados y no hay sombra. Luz solamente. Luz amarilla, desteñida, blanca, violeta, luz a puñetazos.

Siete, seis, cinco, cuatro, tres… ¡Dos, uno! Nos tragamos la sombra. Luego damos tres saltitos, para aplastarla bien, para que no se escape. Volvemos a contar hasta noventa y ocho y la sombra comienza a escurrirse, huyendo otra vez. Pero durante los noventa y ocho segundos que la sombra es toda nuestra, una alegría efervescente, tipo sal de frutas o espuma de Coca Cola, o mejor onda baba de Nacho antes de la leche, nos hace sentirnos como reinas totales. Son los "segundos de Inés", como yo le llamo, porque durante ese tiempo parece que el mundo es perfecto y que a Inés ya no le importa la mierda de familia que tiene y su obsesión metamorfósica por cambiar de estado material a estado gaseoso.

Son también mis segundos, cuando nada de la realidad me divide y estoy en control de todo lo que es mío, sin refractación, sin proyección, sin dosis contaminadas de la luz que la tarde comienza a ensuciar, sin diluirme en las cosas del cosmos que está siempre intentando chuparte. Yo total.

Pero esta mañana fue distinto, sentí que Inés se puso triste. No como otras veces que, apenas las sombras se desbordan bajo las patas, volvemos por el mismo camino de los árboles a recoger las bicicletas y el Maestro Hernán nos espera con agua asoleada y nos tiramos sobre unos almohadones de lienzo. A la salita de rituales no entramos, solo me deja entrar a mí cuando voy sola y masticamos o inhalamos las hojitas astrales. Esa salita es solo para conexiones ultravioletas. El Maestro Hernán nos pregunta todo amable que si estuvo bueno el ejercicio de contemplación y nosotras decimos que sí toda entusiasmadas y él nos invita algún dulce natural en base a frutas o nos permite tocar la espada de Samael que está sobre su cama como un crucifijo o un ángel de la guarda. La espada sagrada. Es fantástico el brillo de esa cosa.

Acero, dice el Maestro Hernán, sin que yo le pregunte nada.

¿Mató alguna vez a alguien con esto?

¡Carajita!, dice el Maestro Hernán sonriendo, y sus dientes súper blancos me ciegan. Al ego, dice por fin, como si me lo dijera por primera vez.

(Es verdad, los gnósticos matan al ego, lo matan en cámara lenta. Un día esto y al siguiente lo otro, hasta que dejás de ser una persona y sos solo energía en plena circulación).

Inés se puso triste porque, según ella, hace días que viene dándose cuenta de que siempre será esclava de sus malditas piernas y que ningún truco de niñitas inmaduras va a cambiar su naturaleza óseo-lipidinosa. Las piernas de Inés no son tan gruesas como ella imagina, y apuesto mi diario a que las propias Madonnas quisieran poder lucir algo así con sus minifaldas fosforescentes. Inés nunca me cree cuando intentó ofrecer la posibilidad de esa envidia como si fuera una manzana abrillantada, la manzanita de la Diosa Eris. Ese tipo de tentaciones no es lo suyo.

¡Odio mis piernas!, dijo, arañándose las pantorrillas. Me miró como si quisiera pegarme, aunque yo sé que no es contra mí que siente rabia. Lo sé y por eso la perdono. Además, sufre. Y yo sufro por ella. Pero no puedo idearme una solución. Habría que ser Houdini para intentarlo. Desaparecer. Aguantar el aire y desaparecer. Habría que ser mitad Anna Frank y mitad Houdini, una cosa así, mutante.

¿No será morir lo que vos querés?, le pregunté, mientras bajábamos con las bicicletas y antes de que ella apretara los pedales y se fuera a toda velo, le fascina eso, "quemar calorías".

Sos tonta vos, me contestó.

Me dio rabia. No es justo. Intento entenderla y ella me llama *tonta*.

Por eso me atrasé a propósito. Dejé que pedaleara y pedaleara hasta que se hizo chiquita.

No me esperó.

No la busqué.

Life is real, so real... Loneliness is my hiding place. Oh, oh.

Cuando volvía a casa, sentí ganas de patear piedritas. Me desempalqué de la bici y la arrastré como una carreta vieja. No sé por qué tuve que pasar por lo del bar del catalán. Padre estaba ahí. Conversaba, o mejor dicho escuchaba el monólogo de un señor alto, con botas puntiagudas y tacos de metal. Ese hombre sacó un billete y le prendió fuego con la lumbre de una vela que el tabernero le acercó. Con el billete en llamas encendió su cigarrillo. Padre miraba ese pequeño espectáculo como quien ve llover. Sin embargo, al despedirse, aquel sujeto le puso en el bolsillo de la camisa un bollo de billetes. No sé si Padre dijo "gracias". No sé si Padre protestó izquierdistamente, no sé nada. Lo último que vi que fue que Padre levantó su mano derecha y se rascó el bultito de la nuca. Su camisa tenía manchas de sudor en las axilas. Entonces me entraron ganas de buscar a Inés y quedarme en silencio junto a su cuerpo flaco. Pero me acordé que estábamos peleadas. Quizás debería cultivar, como a los tomates del huerto, otra amiga. Quizás Vacaflor podría albergar mi cabeza y mis ojos húmedos en medio de su pecho enorme. ¿Eso no sería traicionar a Inés? ¿Traicionar mi oligofrénica soledad?

12.

Risas y miradas diagonales cuando LorenaVacaflor, la ex Madonna gorda, vuelve por el caminito recto que forman los pupitres alineados. Quishpe, el de Sociales, le ha devuelto el examen con un rutilante 6.5/7 escrito con marcador rojo dentro de un círculo. Lorena Vacaflor también está roja y casi puedo sentir el peso de sus piernas equilibrando cada paso. Yo misma experimento ese hundimiento cuando vuelvo del escritorio al pupitre. El de Física tiene razón, hay materias y materias, materias que vemos, y otras, elementales, invisibles. "Un universo a salvo de tanto color", dice Marzziano, que dejó la Teología de la Liberación para casarse con una lavandera y enseñar Física en esta estúpida escuela de señoritas. Marciano tenía que ser.

La materia, la que vemos, a veces se hace espesa y es cuando cuesta caminar.

Pero la timidez, o esta cosa que no es ni vergüenza ni altanería, tampoco es una variable que se pueda combinar con la masa y la fuerza para calcular una X velocidad como si se tratara de una mezcla de leche en polvo. Tantos segundos avanzando entre las hileras de pupitres, tanto dolor. Lo que quiero decir es que para alguien como la gorda Vacaflor, o como yo, las distancias recorridas no se miden con centímetros, sino con otra cosa. Una medida que no se ha inventado.

Finjo tomar apuntes. El goteo en mi corazón se me hace insoportable. Y hasta Nacho lo ha notado porque ya no se tranquiliza cuando le pongo mi pezón en la boca para hacerlo dormir. A veces pienso que me he convertido en otra chica, una chica más grande, más segura de sí misma, pero también menos generosa. Algo cruel. Los encuentros con el Maestro Hernán son cada vez más intensos. Ya no se trata solo de que me explique las Enseñanzas o fumemos salvia para conectarnos con lo astral, sino de algo profundamente importante e inevitable. Marzziano le llamaría " las fuerzas gravitatorias". Vuelvo a casa en un estado febril y solo mi cara en el espejo me tranquiliza. *Oh, oh, Lord what you're doing to me, I have spent all my years in believing you.* Y no es a vos a quien yo buscaba, Señor. *But I just can't get no relief, Lord!* Necesito decírselo a alguien. A alguien que no sea el Maestro Hernán. Porque él ya lo sabe todo de mí y mi cuaderno cuadriculado es una repetición.

Extraño a Inés de un modo patético.

Lorena Vacaflor se sienta. Su pupitre está justo delante del mío, lo cual es un alivio. Desde que las Madonnas la expulsaron de su club, Lorena Vacaflor está cada vez más gorda, me tapa entera de la mirada torturadora de Quishpe. Igual, no tengo mucho que esconder. A Quishpe no deben interesarle mis rodillas huesudas, casi siempre decoradas con moretes de distinta intensidad por los golpes que sin faltar me pego contra el pupitre de Vacaflor.

Las Madonnas se ríen pasándose un papelito. Como estoy flanqueada por dos Madonnas, una tiene que pedirme con una sonrisa fingidísima que le pase el papelito a la otra. Tomo el papelito, miro el cuello gordo y sudado de Lorena Vacaflor, el pelo seco atado en una cola, el punto en el lóbulo de la oreja derecha que su madre le rajó por tironearla del arete mientras la masacraba por tarada. ¿Cuándo vas a traer una nota decente? ¿Cuándo, ¡grandísima imbécil!? La gorda dice que a la vieja las notas le importan un pepino. Cuando "baja", dice la gorda (y yo apenas puedo imaginar a la vieja levitando con semejante peso específico), todo lo que necesita es un pretexto para caerle encima como un boxeador. La gorda podría defenderse. Es gorda.

Pasalo, putita, sonríe la Madonna de mi izquierda levantándome una ceja. Deben practicar muchísimo ese movimiento maldito de ceja. Todas lo hacen, como si el talento "cejístico" les fuera natural, una pichanga en sus caritas de yeso. Aunque tal vez lo sea. Recién vimos el tema del fenotipo. Quizás sus madres hicieron lo mismo y ahora ellas pertenecen a una raza que levanta una ceja, sonríe y te dice "putita".

(Dejo mi lápiz suspendido, noto que precisa de una buena tajada, de una punta asesina capaz de dejar tuerta a cualquier idiota. Antes de las Enseñanzas de Ganímedes me avergonzaba de mi propia rabia, no sabía que es simple energía mal sublimada y que es necesaria. Si intentás contener la rabia, el odio, incluso el amor, se convierte en un bulto de grasa, como el bollo asqueroso que papá tiene en la nuca. Es mentira que sea su hermano nonato o bárbaro, es mentira que él está viviendo la vida de otro. Y esa es la única cosa que no me gusta de Clara Luz. Esa infamia. Dije infamia. Nunca antes usé esa palabra para referirme a un asunto de Clara Luz...).

Le sonrío yo también a la rubia infame y me meto el papel en la boca.

No me da la gana, le digo con la boca llena.

La Madonna me muestra las uñas limadas.

No puedo evitar acariciarme un cachete mientras el culito se me contrae. Eso, la contracción y el miedo te lo explica la de Biolo. De todos modos, desde que hice respetar a mamá, las amenazas de las Madonnas no pasan de eso. Ladridos de perras.

En el recreo, las Madonnas ocupan el banquillo que las monjas han hecho poner a la sombra del toborochi. Generalmente son cuatro, pero a veces admiten a una quinta (en el lugar que ocupaba Vacaflor), si previamente se ha decolorado el pelo con Blondor del fuerte y usa sostén negro debajo del mandil. Se quitan la chaqueta, se abren los botones superiores y sacan su miserable radiecingo a pilas. *Like a Virgin* me tiene francamente podrida. La escuchan novecientas noventa y nueve veces, como si le entendieran, hasta que el casete comienza a atascarse y la *Virgin*, en pleno paroxismo, confiesa mensajes satánicos. Deben tener un millón de casetes de repuesto.

Estas zorras no conocerán jamás a Mercury. Mercury se vuelve invisible ante sus retinas forradas de viernes a domingo con lentes de contacto azules con patéticas dosis de violeta, imitando del modo más ordinario posible a Liz Taylor.

Para ir al baño hay que pasar cerca del árbol. Decido esperar hasta que falten dos minutos para el timbre o por lo menos hasta que se les acerque algún boludo de Muyurina. Nunca falta uno que salta la barda del lado del huerto.

Llevo mi cuaderno en mi pecho, debajo de la polera de Educación Físika. Me acuesto en el corredor trasero y subo las patas a la pared. Me gusta el frío del cemento en mi espalda. El Maestro Hernán dice que no deberíamos perder el contacto con los Elementales de la tierra, es decir, con las criaturas que buscan una oportunidad de reencarnación, para decirlo a lo crudo, aunque él lo llama simplemente de "encarnación". Los que estamos en este plano deberíamos actuar como un puente entre ambas orillas, los seres evolucionados, y las almas que recién comienzan su infinito recorrido sideral por las carreteras del universo. Escribo cuesta arriba, contra la ley de la gravedad.

No me junto con nadie. Desde que retiraron definitivamente a Inés del año escolar por el asunto de su convalescencia, yo nunca me junto con nadie. Tampoco leo nada. Las revistas *Duda* se han agusanado pues ni Clara Luz está en condiciones de leer. Y a la escuela no me atrevo a traer "Las Enseñanzas de Ganímedes". Las monjas son expertas en quemar textos que no son de su maldito agrado. Ni las Madonnas traen ya su *slam* al aula.

Antes de que las sores instalaran el banquillo bajo el toborochi, ese era mi lugar favorito. No me asqueaba el olor ácido de los baños ni el barro que se formaba por las cañerías rotas. Pero luego aceptaron las donaciones del padre de una de las Madonnas y no les importó que fueran de "dudosa procedencia" y así fue como pusieron bancos en todas partes.

Un día, mirando el toborochi mientras pensaba en la prostituta de la que Kierkegaard se había enamorado y a la que Sor Evangelina llama "una mujer perdida", le descubrí un hueco. No era un hueco cualquiera, como el que hacen los cepes y las hormigas para armar sus túneles, amontonando tierra alrededor del hoyo. El hueco había sido tallado a cuchillo y forrado con algo que parecía plastilina, probablemente la macilla que el gauchito nos enseñó a mezclar para diseñar altorrelieves en los lienzos. Me alejé unos metros y entonces vi el cuerpo. Las Madonnas y sus compinches habían labrado a puñaladas una mata de vellos púbicos encima del hueco, y más arriba, disimuladas por el ramaje, habían chancado bien dos tutumas volcadas que, sí, sí, te hacían pensar en dos enormes tetas.

Una especie de lástima me cerró el pecho. Eso se lo heredé a Clara Luz, esa cerrazón en el pecho, todo lo siento ahí (y en el culo). Otras sienten con el corazón específicamente, pero a mí la pena me arruga el esófago. Es culpa de Padre, pienso yo, que tiene esa cosa congénita en la nuca y seguro, como todas las formas de su dolor y como todos sus escombros y averías, es también hereditaria. La tristeza es hereditaria e incurable.

En fin, luego las monjas pusieron el banquillo y las Madonnas se adueñaron del árbol, de la barda, de todo.

Tampoco converso mucho con Lorena Vacaflor, aunque ya no seamos enemigas públicas y hayamos robado juntas tierra negra y ella haya sido testigo de mi primer encuentro *face to face* con el Maestro Hernán, lo cual nos convierte de alguna manera en cómplices. Lo suyo son las gordas. Y las más chicas. Apenas sale del aula se dirige al kiosko donde la esperan las gemelas Ortiz, que no han acabado Intermedio.

Esta semana sí, esta semana charlé hondo con Vacaflor. Tiene un problema de su mismo volumen y ni un experimento alucinado podría achicarle el lío. Además, las gemelas Ortiz le han puesto ley de hielo y la pobre gorda se ha visto obligada al recreo contemplativo que yo practico en el corredor trasero.

Todavía tengo el papelito en el paladar cuando la ex Madonna se acerca. Lo escupo en la mano. Lo soplo para que seque un poco y entre las dos desciframos la tinta diluida: "Quishpe se la re-koge". Apenas quedan rastros del dibujo pelotudo de una vaca con una flor en las astas.

Tiro el papelucho al suelo y la gorda lo pisa con la furia de un elefante.

Saco el sándwich de jamón y queso que mamá me obliga a prepararme in-va-ria-ble-men-te todos los días de mi vida, porque "los cincuenta centavos que te da tu padre no alcanzan ni pa'un mocochinchi". La gorda debe estar salivando. La de Psiko dice que entre los humanos y los animales la única diferencia es el control de los instintos. Vacaflor se controla, eso está claro. Le ofrezco el sándwich.

La gorda lo agarra y lo devora completingo como un Pac Man. Ñam, ñam, ñam.

Cuando ya no hay sándwich sobre la faz de la tierra le pregunto que qué piensa hacer.

¿Con qué?

¿Cómo que con qué, Vacaflor? A ver, ¿cómo que con qué? (Su cara fofa justifica que la hagan brincar a punta de chicote. Ahora comprendo mejor a la madre. Respiro hondo durante siete segundos).

Ah. Con *eso*.

Sí, con *eso*.

La gorda se encoge de hombros. Se pasa la lengua por la jeta para exterminar las migas. Tiene buenos dientes, y si le borrás mentalmente la papada y te quedás con la nariz pequeña y los ojos oscuros, pasa. Está a millones de años de luz de ser una chica linda, pero pasa. Como paso yo, como pasaba Inés cuando no era una radiografía portátil, y hasta más de una Madonna.

¿Vos sabés para qué sirve un reloj?, le pregunto impaciente. Es una pregunta-acertijo, de las que usábamos con Clara Luz para decidir el destino de los muñecos de arroz.

Para dar la hora, ¿no?

No.

¿Cómo no?

No te da ninguna hora. Pensá. ¿Cómo un reloj te va a dar una hora? El reloj solo sirve para ponerte nerviosa. Para que te acordés de que el tiempo pasa. TiK, tik, tik, a lo bruto. ¿Qué vas a hacer cuando *eso* crezca?

¿Qué?

¡Vacaflor!

No sé. No sé que voy a hacer, dice la gorda temblando. Todo lo que pensaba de ella, que tenía cancha por salir con las Madonnas, que era un poquito más madura, que podía hablar con los viejos sin tartamudear, de pronto desaparece. Vacaflor puede ser más tímida que yo.

Cuando el timbre se aloca volvemos rápido al aula. No me da tiempo de orinar. Las Madonnas ya hacen fila con los mandiles abotonados otra vez. Nunca se sabe cuándo habrá "control". Simplemente aparece alguien linterna en mano y comienza la inspección. Te alumbran las piernas como si fueras leprosa. La que no lleva fustán o trae las uñas pintadas está frita. Vacaflor se ve pálida y huele a sudor.

Nos toca con Sor Evangelina. Ya sé que a Sor Evangelina le falta la pata izquierda y tiene baba seca y baba húmeda en las comisuras de la boca porque es diabética, pero su imagen mutilada siempre me descoloca y necesito aproximadamente dos segundos y medio para ponerme en su longitud de onda. Sor Evangelina está obsesionada desde el segundo trimestre, cuando ocurrió lo de Livy Soler (episodio prohibido del que ninguna habla), con el tema de "La inversión de valores". Suena a la desgracia gringa de 1929, cuando Wall Street se hizo talco pulverizado, "se deshplomó", dice Quishpe, "igualito al imperio romano"; pero este asunto, el de los valores del ama, mejor conocido como "florecillas", es mucho más aburrido. Lo de siempre: la pichicata ha trastornado el pueblo. Ya nadie es solidario, ya nadie da la vida por lo demás. ¿Alguien sabe lo que es gastar la vida? Gastarla, jovencitas, como una goma de borrar. Cuando Sor Evangelina habla mira especialmente a las Madonnas. Todas sabemos que dos de ellas son hijas de pichicateros. Pero en esta ocasión, por algún extraño motivo, Sor Evangelina quiere hablar del cuerpo. No de las partes del cuerpo, que eso le corresponde a la de Biolo, sino del cuerpo como una flor. Eso escribe en la pizarra: "Nuestro cuerpo es una flor". La tiza chirria y la ex Madonna menea su potazo en el pupitre. "Un solo pétalo", dice Sor Evangelina, y la flor está "desgajada".

Las Madonnas invictas ríen despacito.

Sor Evangelina aplaude. Sus aplausos quieren decir lo contrario: "cállense pendejitas" o "¡juro que arderán en el infierno!". Pongo mi meñique en la llama de una vela por cinco minutos a que, para las monjas, un pecado capital es la indisciplina. En serio. La indisciplina las irrita más que la mentira. Cuando mentís, se enfurecen, sí, pero te dan la oportunidad de pedir perdón con toda tu putrefacta alma.

¿Qué quiere decir con "desgajada"?, pregunta la Madonna Queen.

Sor Evangelina tose. Debe estar esperando que la Providencia le alcance una explicación.

Entonces se le ocurre la brillante idea de enviar a la Madonna Queen al patio "a buscar con humildad un puñado de florecillas para hacer la demostración".

La Madonna Queen se incorpora. Tiene el mandil metido en la raja (las Madonnas también se quitan los calzones en el recreo y a veces no les da tiempo de volvérselos a poner). Sus Madonnas friends se preocupan y ante el bullicio Sor Evangelina se acerca babeante, dando zancadas con su Súper Muleta. Cuando está a punto de esgrimir la linterna contra el mandil de la Madonna Queen, la infalible y auténtica Lorena Vacaflor se inclina y un chorro de masa y velocidad de vómito le pringa la pata sobreviviente a Sor Evangelina.

Restos sin digerir de jamón flotan en el piso.

En el segundo recreo, el más cortito, volvemos a encontrarnos en el corredor trasero. Le han dado un digestivo a Vacaflor y ahora tiene el aspecto compungido de una Laurita Vicuña inflada.

¿Qué hacés?, pregunta la gorda, cada vez más estúpidamente convencida de que ella y yo somos amigas o cómplices.

¿No me estás viendo? Escribo.

Ah.

Sí: "Ah".

¿Seguís yendo a visitar al sacerdote?

¿Qué sacerdote, Vacaflor?

El del templo del naranjal.

Decido no responderle. Tonta del todo no es, y aunque ya no sea parte del exclusivísimo club de las Madonnas, nunca se sabe, podría ser una espía, una sonda de ese horrible planeta de las rubias.

Vacaflor se sienta a mi lado, se pone a mirar hormigas, su íntimo universo de hojas. Un universo donde hay respeto. Al rato, le digo:

Faltan 13 años y un mes y medio para el año 2000. Esa edad va a tener tu hijo cuando llegue el fin del mundo.

Yo no voy a tener ningún hijo.

¿Cómo no?

No lo voy a tener.

¿Te vas a meter un colgador como hizo la hermana mayor de las gemelitas Ortiz? La solterona…

¡No!

¿Entonces?

No sé.

¿Lo sabe el de Sociales?

¿Qué?

(Es cuando quiero masacrar a Lorena Vacaflor, cuando comprendo a la vieja troglodita de su progenitora. Patética realmente).

Que estás preñada, pues. ¡Maminga, oye, ponete en *Play*! ¿Lo sabe Quishpe?

No estoy preñada. Y, además, no sé por qué me hablás de ese colla.

Te dio una nota excelente, ¿no?

A vos también.

Yo estudio, Vacaflor. El tema de Atahuallpa era largo, y hasta ayer, que yo sepa, vos no diferenciabas a Mama Ocllo de la Mamita de Cotoca. Yo calco los mapas contra el vidrio. Precisión matemática se llama. Vos los hacés a pulso. Y la hoja te queda mugre.

Yo sé que algunas te pagan para que les dibujés los mapas, Gen. Yo vi tu estilo en el de hidrografía. Les difuminás el color con tu dedo, como nos enseñó el gauchito. Yo lo sé.

Fue una sola vez. Una sola vez que quería comprarle un regalo a mi hermanito. ¿Vos nunca te has sacrificado por alguien, Vacaflor?

¿Ah sí? Esto también fue una sola vez. Es lo mismo, Gen.

¡Es lo mismo! ¿Sabés?... No, no sabés nada, Vacaflor. Mejor volvé a la cancha, que Quishpe acaba de ofrecer recompensa a quien encuentre su diente de oro. Aunque creo que a vos no te hace falta ni media décima de punto con ese increíble casi-siete que te plantó en el boletín de notas.

La gorda no se mueve. Igual, ya no hace falta. Como no podía ser de otra manera, una Madonna encuentra el diente de oro de Quishpe. Victoriosa y sudada trae el trofeo en alto. Quishpe nos hace pasar al curso para presenciar la emotiva escena del reecuentro con su diente. Antes de entregarlo dice, retorciéndose: "La próxima vez son 20 puntos, profe". Quishpe agradece, promete que ya hará una visita al dentista para que le hagan un buen trabajo, con mejor masa, pues ya los puntos extra que tan generosamente le dedica a cada clase se le están acabando, y si el diente, ese diente de verdadero oro de Oruro, se le sigue cayendo, lo más seguro es que todas salgamos eximidas del examen final por exceso de puntaje, y antes de que "lash hermanitash" le jalen la oreja por "bondadosho", mejor hoy vamos a hablar de "la dama de hierro", dice. Le guiña un ojo a Lorena Vacaflor y procede a enchufarse el diente con un experimentado movimiento de lengua. Lo odio.

Quishpe, como buen perro, huele mi ira. Entonces camina lentamente hasta mi pupitre y yo, en tres milésimas de segundos, tomo el cuaderno y lo escurro bajo mis nalgas. No va a atreverse...

13.

Quishpe me miró fijo durante casi siete segundos. Se dice fácil, "siete segundos". Pero sostenerle la mirada cocaínica durante eternos siete segundos a alguien que te desprecia es una locura. Te chupa toda la energía. Estaba recrazy el colla si creía que yo iba a entregarle mi cuaderno con las partes más jodidas de mi existencia. Primero muerta. ¡A la pizarra!, dice en ese momento Quishpe.

Tengo entonces que explicar en la pizarra los tres principales motivos por los que Ronald Reagan ha denominado a la URSS como "el imperio del Mal". Por primera vez agradezco la cháchara trotsko-subversiva de papá.

A la salida, antes de subirme al autobús, le digo a Vacaflor que no se confunda, yo no tengo amigas. Mi única amiga abandonó la escuela. Le doy la espalda y la gorda me sigue un poco, como una perra indecisa. Me da lástima, pero no cedo (el Maestro Hernán dice que los sentimientos pueden ser espejismos, que hay que desenmascararlos, la ira no es totalmente mala), entonces le exijo que ya no me busque, quiero estar sola, mirar hormigas en el recreo, escuchar la fricción de las hojas de los árboles.

La gorda se queda quieta. No se le aguan los ojos ni nada. Está acostumbrada. Pero, al día siguiente que tenemos Educación Física en el quinto periodo, se excusa de la clase. Le duele el estómago. Sor Enriqueta la manda a la enfermería.

Las Madonnas estrenan *Reebooks* fucsias con trenzas fosforescentes. Surge un lío entre ellas porque alguien ha tenido que vender a la Madonna Queen ante la directora por un cuaderno *slam* y unas respuestas provocativas. El *slam* contenía nombres, también de pelados, descripciones de su "círculo dorado", y las monjas están histéricas. Alguien dice "lealtad" y la Madonna Queen dice "expulsión, mancha, zombie". Sus zapatos y el sol enfermizo me hieren la vista. Estoy tan aburrida que podría morir. La materia visible me está matando. Solo pienso en el próximo jueves, en la casa del naranjal. Aprovecho la maratón para escaparme hasta el segundo patio, alzar mi mochila y escabullirme en la enfermería.

Me manda Sor Enriqueta a ver cómo sigue Lorena Vacaflor, explico con ojos entornados, y juntando las tabas, toda actitud "Laurita Vicuña".

A Sor Rosa le da lo mismo, es sorda y usurera. Nos vende las toallas higiénicas a un peso con cincuenta centavos. Tres malditos recreos, en mi caso.

La gorda está lívida.

Estás lívida, le digo.

¿Qué? (Esta vez no tengo ganas de masacrarla. Algo me dice que todo anda mal).

Que estás blanca como un papel.

Ya no me preocupa el fin del mundo, dice la gorda con una voz archi dolorida.

¿Qué? (la pobre gorda me mira y casi sonríe).

Tomé algo para esto. Se supone que voy a botar el bicho en cualquier momento. Es lo que me dijeron. Las Madonnas ya lo han hecho antes.

El bicho… ¿Y cómo te sentís?

Mal. Me duele el bajo vientre. Tengo ganas como de cagar.

Es el miedo, Vacaflor. Provoca contracciones. El tema del esfínter era el más fácil, acordate.

Necesito ir al baño. Pero no a este baño. Siento que me voy a desparramar. Vamos a los baños de atrás, por favor.

Ponemos el mejor semblante posible para zafar de la vieja avara de Sor Rosa. Me manda decirle algo "a la buena de Sor Queta" que se me entra por un oído y que se me sale por el otro.

Apenas nos da tiempo de trancar la puerta y atravesarle una escoba cuando la gorda se acuclilla en el piso y entre la orina y la mierda bota algo oscuro, resbaloso y carnal.

Parte de eso me recuerda al líquido que mi madre botó la "noche de Marte". También algo en la furia de los ojos de Vacaflor me recuerda esa noche, la cara felina de mami. Pero hago añicos los parecidos porque jamás voy a ensuciar, ni con la menor comparación, la madrugada en que Nacho llegó a esta Tierra.

La ex Madonna, acuclillada y hedionda, apenas respira. Pasan veinte segundos en esa oscuridad húmeda. La boca blanca me pone los nervios de punta.

Analizo rápido todo, con enunciados generales y particulares, todo a la velocidad de la luz, dialéctica e izquierdistamente. Si voy en busca de ayuda para Vacaflor, voy en busca de castigo para Vacaflor. Si castigan a Vacaflor, si la penan, si la expulsan, si su madre le hunde los ojos y le corta la lengua, las Madonnas ganarán. No sé cómo funciona este silogismo pero es así y no hay más tiempo. Cómo extraño en ese momento los poderes sobrenaturales de Clara Luz.

Figura umbrana aeris, foetor cadaverum viginti cubiculum

aurarum veris volumina fumi putidi species generis veri, repito, de todas maneras, por si de algo sirve.

Ayudo a la gorda a pararse y la acomodo en la ducha. Bajo sus piernas de elefante un riachuelo de sangre se escurre hacia el desagüe.

No me atrevo a mirar el amasijo, parecido a un sapo de brujería. Clara Luz me los ha mostrado, verde-violetas, reventados, con los ojos saltones flotando *for ever and ever* en frascos de alcohol.

¿Qué… qué… qué vamos a decir?, tartamudea Vacaflor. El riachuelo ya no es tan colorado.

Nada. No vamos a decir nada.

Vacaflor se apoya en los mosaicos y se toca su coso. Debe dolerle ahí. Es una herida.

No me doy verdadera cuenta en ese momento del lío en que estoy metida hasta el pescuezo. Lo único que me importa es lo que me ha dicho el Maestro Hernán. Lo que me ha prometido…

Golpes desaforados en la puerta. Risas de las Madonnas. La voz aguda de Sor Enriqueta hablando de higiene y deshidratación. Ocho segundos.

La gorda, mojada por completo, se anuda la chompa en la cintura, en lo que se supone es su cintura. Apenas puede caminar, no solo por el dolor, sino por el bloque de papel higiénico con que se ha taponado la herida.

¡Abran!, chilla la Madonna Queen.

Vacaflor me mira aterrada.

Con asco absoluto tomo al sapo humano y lo largo al inodoro. Tiro la cadena y el sapo se resiste, reflota como la peor de las mierdas, la más rebelde.

¿Quién está adentro?, pregunta la vocecita de pito de Sor Enriqueta. Por algo es profesora de Educación Física. Contengo la respiración, saco el batracio del inodoro, se parece en algo al E.T. Quiero ponerme a llorar. Llorar sin motivo. Apretar a Nacho contra mi pecho. Abro entonces mi mochila, saco el táper donde Madre me obliga a envasar los sándwiches repetidos y meto ahí el bulto gelatinoso. Abro la mochila de Vacaflor, saco sus cuadernos y los traslado a mi mochila. Quiero que el sapo esté apretado, aplastado, prensado, apretadísimo, que no surja por ninguna parte.

Cuando abrimos la puerta, Sor Enriqueta, parada como un sargento en el umbral, tiene los mofletes españoles más surcados que nunca por venitas púrpuras. Quiere saber por qué estamos encerradas y solas. Por qué Lorena Vacaflor está mojada.

Ninguna de las dos dice nada.

Mañana no me entran a la escuela sin sus padres, dice la monja.

Caminamos hasta la dirección en cámara lenta. A la gorda le duele el cuerpo, a mí me pesa la mochila asquerosa.

Tortilleras, susurra una de las Madonnas.

La miro con una ira nueva. Sé que el culito se le contrae. Puedo jurarlo.

En el autobús, con la mochila sobre mis rodillas hematómicas, pienso en el modo en que yo amé a Nacho incluso antes de nacer. De nacer él y de nacer yo. Y raro que piense también, como entendiendo mejor, la vergüenza de papá. Me arden los ojos. Los aprieto. ¿Qué iré a hacer con el batracio? Podría meterlo en un frasco con alcohol y mostrárselo a Clara Luz, contarle que lo pillé en el estanque, junto al huerto. O comérmelo. Desaparecerlo. Eso. Eso mismo. Voy a comerlo, que no quede ni un rastro. Simple.

El chofer busca algo en la radio. El clima, la hora, la cotización del dólar. Nada. Tocan "Rapsodia bohemia". Es un regalo divino, transmutación pura, me expresa, me saca los alfileres del corazón. Es un mensaje intergaláctico de Mercury.

Voy a comerme el sapo con leche.

Apoyo mi cabeza en la ventanilla. Veo a Lorena Vacaflor por un instante en la carretera, caminando como un astronauta con sus patotas. Quiero sacar mi mano y agitarla, despedirme, pero la dejo apoyada en el vidrio y luego la gorda se achica, se detiene, se hace masa, un punto muerto, y ya no la veo más.

La cuadra que separa mi casa de la parada del bus no es tan mía a las dos de la tarde, sobre todo porque mi mochila pesa como un muerto. Así, es difícil patear piedritas.

14.

"Si yo hablase lenguas humanas y angélicas, y no tengo amor, vengo a ser como metal que resuena, o címbalo que retiñe. Y si tuviese profecía, y entendiese todos los misterios y toda ciencia, y si tuviese toda la fe, de tal manera que trasladase los montes, y no tengo amor, nada soy. Corintios 13:1-2 1", le leí en voz alta a Clara Luz. Ella dice que le gustan solo algunos pasajes de la Biblia, justo aquellos que la gente nunca pide cuando se le mueren sus seres queridos. Me pidió que se lo leyera tres veces. Le cuesta mucho respirar. Creo que ya he dicho que con la máscara de oxígeno parece una astronauta vieja/joven, las dos cosas, porque el pelo largo, blanco como los chorros de las avionetas, extendido sobre la almohada la asemeja a una sirena. Yo hago esfuerzos por imaginarla joven, no como en las fotografías donde casi siempre está con mi abuelo vestido de combatiente veterano de la Guerra del Chaco, o con mi padre cuando era chico y luego un muchacho barbudo, antes de irse a Vallegrande con otros jóvenes de su partido y luego a La Paz, a estudiar. Yo la imagino joven de verdad, por sí misma, no en comparación con las personas, joven sin ser madre o abuela, libre de todos nosotros. Entonces es cuando siento muchísima pena de que esté tan enferma, tan cerca de la muerte. "Tu abuela está cerca de la muerte", esa es una frase cruel del cruelmente izquierdista de papá.

Clara Luz, ¿qué es un címbalo?

Mi abuela hace un esfuerzo enorme para explicarme que un címbalo es un instrumento musical antiguo, que los curas de la "primera iglesia" lo usaban para alabar. Ella dice "primera iglesia" para referirse a los curas viejos que construyeron la parroquia central, frente a la plaza, con un monumento que se llama "La piedad": La Virgen María tiene en sus brazos a Jesucristo muerto, flaco, con las rodillas huesudas, magulladas y sangrantes. La Virgen tiene ligeramente fruncido el ceño. Inés asegura que no lo tiene, que se ve súperjoven, no como la madre de Cristo, sino como su hermana. Krista. La chica Krista, alguien que podría inspirar a Mercury. *Tie your mother down!* Yo la miro de cerca y juro que veo una preocupación en su frente. Esos curas trajeron el monumento directo desde Italia. Es un "émulo", una "réplica a escala", nos explicó Sor Nuri, poniendo bien la tilde en la e de "réplica" con su dedos retorcidos, y eso significa que tanto la Virgen como el Cristo enfermo son falsos, pero a mí me parecen de lo más verdaderos. Esos curas han sido reemplazados por otros jóvenes, hermosos, parecidos a estrellas de rock, no de rock metálico o "heavy", sino del otro, del que tocan en Inglaterra. Los de esa "primera iglesia" trajeron unos platillos que al golpearse trizaban el aire, como si fuese vidrio, dijo Clara Luz.

No hay que tener miedo, Clara Luz, le dije a mi abue. Sus ojos están todo el tiempo nublados por un tul blanco, como si abue consumiera algo.

Clara Luz estiró su mano tembleque y me acomodó un poco los rulos.

Te parecés tanto a *ella*, dijo, solo que en más morocha. No supe si era un elogio, hablando en serio, porque en honor a la verdad Clara Luz nunca ha querido, lo que se dice querer incondicional o condicionalmente, a mi madre. No sé qué le molesta de ella, qué esperará y que Madre no ha sabido cumplir. Ya no debe esperar nada.

Pero también... también... -tosía, se ahogaba, necesitaba completar la frase, no dejarme con la identidad a medias- ...también te parecés a tu papá, sonrió. Y yo sentí que mis cromosomas XX se mantenían a salvo. Si Clara Luz me nombra, si Clara Luz me describe, si me reconoce, estoy bien.

Yo también le sonreí. No me latió preguntarle por qué, me dio miedo que dijera que me parezco en la personalidad, en lo terca, en lo brutal, en lo triste. Que yo también cargo una protuberancia invisible en mi nuca, la vida suspendida de una gemela fantasma. La reencarnación de la chica Frank.

Mi semillita de mostaza, dijo Clara Luz, y las lágrimas le rodaron sedosas por las mejillas arrugadas y sin embargo suavísimas. Clara Luz es una chica envejecida. Si el cura polaco la exorcizara seguro se le caería la piel de encima y surgiría, como de un pantano, una ninfa de pelo blanco con dosis de un lila apenas saturado. Puse mi oído contra su pecho y escuché su corazón trabajoso. Apreté fuertísimo los ojos para no pensar en el tiempo negro e infinito que llegará después de que Clara Luz se haya ido.

Clara Luz siempre me llama "semillita de mostaza", no por el pelo, que no llega a ser tan rojo como el de Madre, sino más bien porque soy petisa, como Padre, y de carácter huraño, como los dos que me engendraron. Dijo, entre toses, con palabras salpicadas de flema, que cuando crezca, aunque no sea tan alta, seré como el árbol de la parábola, frondoso, fuerte, de frutos decididos. En los frutos dormirán otros árboles, en sus diminutas semillas. Reciprocidad Total.

Cuando ya teníamos buena longitud de onda con la charla, decidí mostrarle el batracio. Clara Luz tosió. Preguntó si era mío. Le aclaré que no. Clara Luz dijo que debería quemarlo. Hay cosas que solo desaparecen con el fuego. Prometí que lo haría.

¿Vos sabías que la asfixia es el castigo de la lujuria?, dijo Clara Luz de pronto, de corrido, con una voz tiznada de su fibrosis, y apartándose un poco la máscara para hacerse entender mejor.

¿La lujuria?

Sí, el peor... el peor pecado capital, dijo Clara Luz. Sus dedos trembleques peinaban mis cejas tupidas.

No, no sabía. ¿Lo leíste en Atalaya?

Lo supe desde siempre. Añaupas ha. Yo... Uno sabe.

Ah.

Yo solo una vez sentí eso.

¿Qué?

La lujuria, pues hijita. Clara Luz tose. Se me hizo que la palabra "lujuria" le hacía daño.

Ah.

Era muy joven y estaba... embarazada de tu padre... De los tojos.

Un tojo se murió.

Así es. Nació estrangulado, pura sangraza.. Hinchado, como lo que acabás de mostrarme. Clara Luz se ahogaba otra vez. Le alcancé un poco de agua y ella "abrevó" apenas un poquito. Era como un buey flaco, moribundo.

Por eso el bulto en el cogote de tu papi... No es grasa eso, mamita... Es el alma del barbarito. ...Tu abuelo se había enroscado en las cuadrillas... de la rev... la revolución agraria.

Y luego volvió "sordo como una tapia" y vos podías "triturar su prestigio a sus espaldas", intervine, para ahorrarle el enorme esfuerzo de hablar. Pensé que en todos los cuentos de hadas, los verdaderos cuentos, había una abuela agonizante que necesitaba decir cosas. Incluso en la *Revista Duda, lo increíble es la verdad*, las agonías necesitaban palabras. Tanto así que muchas veces pienso en las últimas palabras que me gustaría decir a mí, algo personal que no se parezca en nada a las postales secretas de Padre, nada de ríos convirtiéndose en tiempo ni al revés. *Who wants to live forever? There's not time for us.* Lo cierto es que yo no quería que mi abuela muriera al margen de su propia leyenda.

Sí. Pero yo... le dañé el prestigio antes.

¿Cómo así?

Con un peón... de los que venían a anotarse para la distribución de tierras. Clara Luz me hizo señas y le alcancé la chata donde bota su "esputo", así le dice a la saliva, y también orina, y allí escupió una flema oscura, con puntitos de sangre. "Abrevó" otro poco de agua, cerró los ojos un ratito y volvió a abrirlos.

Yo los anotaba en una lista, tu abuelo los reclutaba para la revolución... y luego les daban parcelas.

Era justo. ¿O no era justo? ¿O había "dialéctica"?

Clara Luz se rió un poco, tosió. Le hice "abrevar" otros dos traguitos de agua.

Sos tremenda vos. Si te escuchara tu padre burlándote de él... Una vez vino el peón... a la tardecita. ...Aurelio se llamaba.

Con todas las vocales.

¡Con todingas las vocales! La emoción de Clara Luz era peligrosa. Se puso morada por trece segundos, como cuando Nacho se olvida de respirar y hay que chisguetearle el remedio que odenó el pediatra dentro de los dos huequitos de su nariz chata.

La ayudé a levantar el pescuezo, le di golpecitos en la espalda de pájaro, "abrevó" un trago de manzanilla bien colada, para que no se le atravesara ninguna mechita. Thor comenzó a ladrar, a intentar morder la malla milimétrica de la puerta. Movía la cola, quería pasar a la pieza y seguramente encaramarse a la cama y consolar a mi abue. Los perros no se equivocan.

Cuando Clara Luz se tranquilizó, salí un ratito y puse en el plato de Thor las sobras de la papilla de Nacho. Thor se distrajo con eso y volví a charlar con Clarita.

Dejalo entrar al perro, dijo. A Clara Luz le encanta la alegría de Thor. Un día voy a explicarle lo que me dijo el Maestro Hernán, que Thor puede ser un alma básica, nuevita, una expresión de la energía del universo, una especie de Elemental, y que está en nuestra familia para que lo ayudemos a evolucionar. (O al revés). Nacho adora a Thor, en eso mamá no se equivocó.

Papi me mata si lo dejo entrar, te puede provocar una alergia.

Eso sí. Y pa' qué hurgarle el bigote al gato.

Contame más del peón.

Ah, el peón... El peón Aurelio vino una tardecita, te decía... y yo estaba muy embarazada. ...Siete meses, quizás… y en ese entonces recibía dos dineros. …Un dinero de los velorios y otro dinero… de los trabajos de vudú.

¿Y?

Y me preocupaba por todo. …Y el peón llegó a anotarse en las listas. Venía sudado, …tenía ojos verdes. …Eran raros los ojos verdes por acá… Ahora no tanto, ha llegado mucho gringo al pueblo. Hay que… desconfiar de los ojos verdes. *Ella* también tiene ojos verdes, por suerte no los heredaste. Ni tu hermanito. Pasame más manzanilla.

Clara Luz me pidió escanciarlo otro poco de la manzanilla colada en su caneco y mientras la sostenía y la bata de hilo se le holgaba en la espalda, percibí una hilera de ampollas chiquitas en las paletas, algunas de ellas solo piel arrugada, otras eran como pequeñas orugas a punto de reventar. Sentí ganas de llorar o de pegarle alguien. Sentí ganas de meter un cuchillo en un cuerpo, de torcer el pescuezo de alguna gallina, como antes, cuando Clarita me enseñaba a liquidarlas de una manera rápida, para que la carne no se agriara y no se desperdiciaran ni el churiqui, lo más rico, y el locro no supiera a susto. Quise hundir algún cuchillo. La ira no es tan mala.

¿Estás bien?

Clara Luz asintió, cansada. Sus ojos vidriosos, sin embargo, sonreían con una picardía joven.

El peón era de madre brasileña. ..Lo hice pasar al segundo patio, donde estaban las macetas. …Le gustaron mis plantas, las "Costillas de Adán" estaban pulposas, bien verdes, …y la parra de uva cargada, …contentos los gusanos, bien rellenos. Le invité uvas, me acuerdo. …Y mientras mordía las uvas me miraba… y yo hacía como que… buscaba cosas en el cuaderno de las listas.

¿Te miraba? Ay, Clara Luz, ya sé, ya sé.

No sabés nada vos. Qué vas a saber si sos todavía una cagaverde. Clara Luz se atragantó de nuevo. Es una industria de flema cancerosa la pobrecita. Ya no supe si la manzanilla le hacía bien o mal, si mi compañía le hacía bien o mal. Quizás el problema era yo, que no sabía acompañar a un enfermo, quizás yo no lo sabía y mi rol en este plano de la existencia era el de un arcángel negro, que según el Maestro Hernán, son los que te acompañan hasta el umbral. ¿O acaso, de alguna extraña manera, no había acompañado a mi mejor amiga hasta una situación límite? De allí en adelante Inés tendría que hacerlo todo sola. Lo que tuviera que hacer.

Puse mi mano firmemente en su espalda para que se sostuviera mientras tosía, luego pensé que las ampollas podían explotar con la presión y convertirse en llagas patéticas, abiertas por toda la maldita eternidad, y ya solo se me ocurrió rezar. Comencé pidiéndole a la Auxiliadora por la salud de mi abuela, *Oh, María Auxiliadora, terrible como un ejército ordenado en batalla, libra a mi abuela del terrible trance de la muerte*, y sin que me diera cuenta ya estaba mezclando oraciones y diciendo cosas de vudú, palabras en latín, llorando con la melodía del "Om" que me explicó el Maestro Hernán, que debe subir desde la base del estómago, y no desde la garganta. Qué inútil es la fe, toda la fe, pensé.

No llorés mostacita, me consoló Clara Luz. Estiró la mano y me limpió los cachetes. No llorés.

No lloro, Clara Luz. Es que no sé qué hacer. Me da rabia. Vos…

¿Quéres que te siga contando?

Contame, contame más.

Yo estaba de siete meses de preñez… era joven. Supongo que era bonita.

Vos sos hermosa, Clara Luz.

Dejá de hablar zonceras, vos. …Entonces era bonita, no ahora que… apenas puedo con mis pulmones, son puro charque. El peón también era bien lindo. …Parecía un héroe patrio, como de enciclopedia. …Y yo me sentía sola. Pasamos a la pieza principal…y ahí fue que caí en la lujuria.

¡Clara Luz!

Sí, mamacita. …Después tu abuelo volvió con la pierna ausente. …Decía que le dolía, pero la pierna no estaba ya. La enterraron en un chaco, lejos, en la frontera.. …Nació tu papá y el otro tojo, muertito, con el cordón en el cuello. … Yo pensé que ese era el castigo por lo del peón. Pero no había sido. La lujuria… se paga con asfixia.

Era triste lo que decía Clara Luz, pero no la contradije, necesitaba contarme esas cosas, que estoy súper segura no le contará ni al cura polaco porque mi abuela guarda adentro suyo un orgullo profundo. Por mucho que en su espalda revienten llagas, mi abuela está incrustada en una vara de acero que, aun así, en la enfermedad, no la deja doblegarse ante nada. Lo extraño es que esa vara la hace ser humilde de verdad, más al estilo de Ana Frank que de Laurita Vicuña. Más con elegancia que con martirio. Al Maestro Hernán le encantaría conocer a Clara Luz.

¿Ya tenés novio?

No.

¿Te gusta alguien?

No.

No me mintás, mostacita. …Apuesto que te gusta alguien.

Seguro me puse muy roja. Clara Luz me miraba desde detrás de la película de tul que empaña sus ojos y atravesaba los míos y me escudriñaba el cerebro.

¿Quién es?

No es nadie.

Te gusta… un fantasma entonces.

¡No!

Está bien, no me digás. …Igual, qué puedo saber yo, … yo estoy de ida. Vos comenzás.

Clara Luz me acarició el cuello con su mano tembleque, pasó de repelón por mis pechos y se detuvo en mis rodillas hematómicas.

Vas a cuidarte mucho, chiquita. Tus padres no te comprenden. Ni se te ocurra contarles lo del sapo malcagau.

Me gusta y no me gusta que Clara Luz hable como despidiéndose. Se me hace un puño el corazón, me falta el aire, pero al mismo tiempo siento que soy afortunada, que soy especial, que algunas cosas son eternas. *Who wants to life forever? There's no chance for us. Oh, oh.*

Miré a Clara Luz hasta que se durmió. Le miré los lunares, las pestañas, las cejas canosas, las manos con tantos

callos que se me hacían idénticas a las de la bruja de Blanca
Nieves, solo que yo amo sus manos, las manos torturadas de
Clara Luz, con manchas de aceite caliente, con uñas gruesas,
con venas pronunciadas. Le di la vuelta a sus manos y miré
sus líneas y, aunque no sé nada de líneas, imaginé que en la
más delgadita, la que le subía al dedo de en medio, estaba yo,
y que en su mano Clara Luz me llevaría adonde tuviera que
irse. Me pregunté si papá la amaba tantísimo como yo. Qué
extraño es Padre, qué callado. Qué sufrido.

Me fijé que el tanque de oxígeno estuviera funcionando
bien y salí en puntillas.

Thor se había dormido junto a la puerta de malla y supe
que el Maestro Hernán tenía razón, Thor y Nacho eran dos
criaturas hermanas y ambos dependían de mí.

15.

La séptima vez que visité al Maestro Hernán, también con mentiras, fue el día de mi cumpleaños. No tenía con quién celebrarlo porque Inés estaba hospitalizada. Tuve que aceptar el abrazo torpe de mi padre, que me tocaba la espalda como con asco, con golpecingos cortos, sin apoyar la palma de la mano en mis omóplatos. Yo pasé de raspanpichete mis dedos por el bulto de su nuca solo para sentir el estremecimiento del asco. Mamá me llevó a la costurera y las dos nos probamos vestidos que habíamos encargado. Mamá se había encargado otro vestido celeste. "En la repetición está el placer", dijo ella. Me quedé helada por cuatro segundos. Esas palabras no eran de Madre, eran palabras copiadas, repetidas justamente. Pero preferí pensar que hay repeticiones que no desenmbocan en ese aburrimiento chato de las cosas sabidas, como ver una peli de miedo por tercera vez con tu mejor amiga, mientras alguna tormenta desbarata el mundo.

Yo quise un vestido blanco, con franjas de crochet en las mangas y el ruedo. La costurera dijo que ese era un modelo un "poquito aniñado", que si no me animaba por algo más juvenil, más punky. Bajó rollos y rollos de telas de colores rechinantes que dejarían ciega a una víbora. Dije rotundamente que no.

Me tomó las medidas. Busto, cintura, cadera, largo. Dijo que yo era flaca, pero que ya vería la forma de que el vestido "se alzara solito". Pinzas aquí, pinzas allá. Dije que no quería pinzas ni ruches ni falsas bombachas en las mangas. Comencé a mover frenéticamente los dedos de mis pies. Mamá pudo verlos entre las hebras de cuero de mis sandalias.

Entonces, ¿querés verte como una monja, vos? Mejor pedile a una de las santitas de tu escuela que te preste el hábito, bromeó la costurera.

Mamá dijo que me diera gusto, que era mi cumpleaños.

En realidad, yo quería algo tipo túnica, como las que el Maestro Hernán me había mostrado para los rituales de Iniciación. Pero no me atreví a tanto. Mamá tampoco sospechó nada. A veces pienso que a mamá la abdujo un ovni el amanecer en que nació Nacho, o quizás antes, y nos mandaron una criatura suplente, una madre idéntica en la envoltura, pero transtornada en la sustancia. Nacho, en cambio, despista con su anomalía, pues en realidad es portador de corriente energética súper desarrollada. En la revista *Duda, lo increíble es la verdad,* están todos los datos sobre estas abducciones. Los extraterrestres pueden hacer eso para llevar a cabo misiones de largo aliento. Durante el gran apagón de Nueva York de 1965, por ejemplo, cambiaron un montón de gente ordinaria por seres maravillosos. Se los llevaron por largo tiempo, un tiempo que en la Tierra registramos como un suspiro, lo que duró el apagón. Devolvieron los cuerpos, pero les inocularon su energía e inteligencia. A partir de ese momento hicieron grandes adelantos tecnológicos de los que en Therox, por supuesto, no tenemos la más pálida idea.

La tarde de mi cumple me puse una polera de algodón y tomé la mantilla negra de Clara Luz. Es una prenda fina, un popurrí de pétalos tejidos en punto relleno, mi abue ya no la usa porque está "jubilada" del oficio de rezadora. Me pinté la boca con un lápiz labial negro que Inés olvidó hace un millón de años en mi casa y me unté las orejas de un poco del aceite de glostora que Clara Luz guarda en su cacha junto a las tacitas diminutas de porcelana. Olía a una mezcla de canela y flores, casi casi como las flores escandalosamente vivas de los velorios y de las que Clara Luz solía robarse un ramito la última noche de novena. "Para mantener tranquila a la Señora", decía. Hasta hace poco yo creía que esa tal "Señora" era la Virgen, pero desde que mi abuela se puso crónicamente enferma supe que la dichosa "Señora" era la Parca, la Chacala, la Jinete sin Piedad, el Hada Negra, la Gran Perra. Clara Luz le tiene respeto y temor a esa Señora. Siempre me encarga que si alguien toca la puerta o el timbre y es una mujer, que no la deje entrar. ¿Y si es la doña de los empanizaus y las conservas?, le pregunto. ¡Menos!, se exaspera la pobre Clarita entre toses y flemas, la Señora siempre te ofrece lo que más te gusta y una vez adentro solo se va si es con tu alma en el morral, me advierte.

Antes de salir de casa le pedí a la niñera que cuidara mucho a mi hermanito y que no dejara entrar a ninguna mujer ni aunque le pareciera la madrina de Cenicienta. Clara Luz no estaba para nadie.

Me hice un nudo gitano con la mantilla y me monté en la bicicleta con rumbo a la casa del naranjal. La sensación de que hacía algo prohibido no era tan honda como la felicidad. Creo que solo cuando vi por primera vez a mi hermanito había sentido esa falta de aire que no asfixia, sino que pide más, hambre de aire, hambre de oxígeno para un corazón desaforado.

Pasé por la canchita en diagonal al boliche del español, donde algunos chicos de la escuela Don Bosco de Muyurina jugaban fútbol. "Morticia!", me gritaron. Lanzaron la pelota en mi dirección, pero la esquivé rápido y pasó por sobre mi hombro como una bala cobarde. Ni siquiera me mosqueé en mostrarles el dedo mayor para que se lo metieran donde sabemos, toda yo iba muy por delante de la bicicleta. Eran mis piernas las que pedaleaban con una fuerza que nadie asociaría con mis canillas huesudas, pero la vista se adelantaba a lo físico, soñaba, proyectaba alucinaciones con la técnica de las filminas: Luz sobre una pared y luego una imagen. Así mismo.

Llegué por fin a la casa y apoyé la bici contra la Ford desvencijada. Toqué tres veces. Dos segundos y milésimas. Nunca habíamos acordado que yo tocaría tres veces a modo de un código secreto, pero lo hice. El impulso que tenía de ponerlo todo dentro de un código secreto era muy grande. En realidad, siempre tuve cosas privadas a las que ni siquiera Clara Luz tenía acceso, y no me refiero al diario. Cráteres, ojos de agua, lagos pantanosos en los que hundo mis deseos más... atroces. Era increíble el modo en que había podido sobrevivir sin que papá entrara a los espacios escondidos de mi alma con su tristeza violenta, su voz de Lázaro y sus ronquidos de cloaca.

La puerta se abrió. Sentí náuseas.

Está sudando la niña, dijo el Maestro Hernán, a modo de saludo.

Me quité los zapatos y la frescura de la cerámica me hizo sentir mejor, como si hubiera entrado a una dimensión distinta, a otro plano.

El Maestro Hernán me ofreció un vaso de agua. Lo tomé de sopetón. Con hambre. Seguramente tenía los cachetes incendiados por el esfuerzo y la vergüenza. Nunca antes había buscado a una persona, a un amigo, con esa locura dentro de mi pecho.

¿Y su hermanito?

Vine sola, respondí, como si él no pudiera darse cuenta de esa situación, de que había ido hasta allá sola, con mis propias piernas flacas y mis rodillas hematómicas, y de que no estaba Nacho para defenderme. Porque Nacho, aunque nadie lo crea, me protege de las cosas exteriores, de las pruebas del mundo. El solo hecho de alzarlo y dejar que su cabecita indecisa me golpee los hombros levanta una pared invisible, la misma pared que encerraba a Madre en una burbuja fascinante cuando estaba embarazada. Sin Nacho, estoy verdaderamente sola.

Pasamos al salón de los misales. El Maestro Hernán elogió la mantilla. No le dije que era de Clara Luz. De algún modo intentaba tener instantáneamente una personalidad única, ocupar toda esa casa con mi presencia. Un objeto prestado, así fuese de mi abuela, iría en mi contra.

Parece una Isis la niña, dijo. Yo agradecí. Después de mucho leer las Enseñanzas de Ganímedes ahora sé diferenciar entre una Isis y una entidad nueva. Es un honor ser una Isis.

Y también me gustan los labios... El maquillaje, me elogió.

Sentí que mis choquizuelas hacían un ruido cadavérico, un *tak tak* incontrolable. No pude contar cuántos segundos duró esa auto-delación.

He pensado mucho en lo que me dijo, confesé. Necesitaba

cambiar de tema. Me gustaba que se fijara en los detalles, en mí, pero al mismo tiempo me aterraba. Igual, ya estaba decidida, solo que no quería parecer una chica apresurada, superficial.

¿Lo habló con alguien?

Usted me dijo que no le contara a nadie.

¿Cumplió?

Lo juro.

No jure, mamita. No ahora.

Me quedé con el pulgar extendido, como cuando das el visto bueno a una canción maravillosa.

Antes de hacer el viaje, necesitamos iniciarla, ¿sabe? No podemos ir así como así, pues. Sin esa apertura mística usted está muy desprotegida. Yo sé que usted es una niña todavía y su recepción mental es acorde con su edad, pero usted es inteligentísima y además yo le estoy hablando al corazón, al alma, pues. Si usted escucha su corazón se sentirá muy tranquila. Usted sabe, sabe muy bien que este viaje estaba predestinado desde hace eternidades. ¿Lo sabe?

Me quedé callada. Con la bicicleta había recorrido no solo los kilómetros que me separaban de la que había sido mi casa (porque ya nunca más lo sería; me iba desapegando de a poco de ese lugar en el que dos extraños, dos criaturas que apenas comenzaban su evolución, Padre y Madre, habían dejado las marcas de su repudio en mi personalidad), con la bicicleta había comenzado el añorado viaje. Pensé que las naves espaciales a veces tomaban formas cotidianas para no llamar la atención de los que no están preparados, de los ciegos incapaces de reconocer el brillo de una señal. Una bicibleta, un árbol, un patín, un cochecito de bebé. Era una lástima que Inés estuviera enferma. Habíamos planeado tantas veces la fuga de Therox, de nuestras miserables vidas familiares, que no dejaba yo de sentir una mezcla de rabia, tristeza y decepción por tener que partir con otros tripulantes. Pero uno escoge, eso dicen las Enseñanzas. Inés había escogido la enfermedad. Era, es una elección patética, pero yo nada puedo hacer para cambiar su rumbo. Ojalá nos quede otra oportunidad en el infinito. Si con alguien quiero tener nuevos encuentros cósmicos es con Inés. ¡Y con Nacho! Siempre. Y mi abuela, ¡claro! Y Thor. Thor también. Con Padre y Madre terrenales ya hemos acabado. Espero que así lo comprendan. Espero que dejen de buscarme. Espero que se ocupen de sus propias cosas. Es la Ley de la Reciprocidad.

Pasé detrás de un biombo y me quité la ropa para vestirme con la bata que el Maestro Hernán me había entregado atada con una gruesa soga lila. Apoyé la nariz en la tela y la aspiré profundo; un olor conocido a jabón Radical entró por mi nariz y avanzó hacia la parte posterior de mi cabeza, donde se apoyan los hemisferios. De pronto tuve miedo. Muchísimo miedo. ¿Por qué no podía ser una chica normal? ¿Una chica simplemente? No este ser enmarañado. "Érase una chica", ese era el título más bonito del mundo para un ensayo sobre mí misma. Quizás no quería ser una "Isis", quizás sería bueno regresar, deshacer el camino andado con pies de Laurita Vicuña y piedras en los zapatos y pedir perdón a mis padres por la soberbia, por desear salir del pueblo. Clara Luz lavaba los trapos de cocina, los manteles, la ropa con jabón Radical. A la ropa interior la remojaba un rato en agua de canela, para que la lejía profunda de la pasta rectangular no lo impregnara todo. ¿Qué iba a ser de Clara Luz sin mí? ¿Estaba lista para dejarla solita en la vida áspera de la casa, entre esos escombros espirituales? Thor se las iba a arreglar porque su plano existencial responde a otras relaciones, su camino es más lento, pero no era justo abandonar de ese modo a Clara Luz. ¿Qué salida tenía?

El Maestro Hernán dijo que me diera un poco de prisa. Debíamos comenzar el ritual justo en el ocaso, en la frontera temporal entre el día y la noche.

Parada en el centro de la sala, recién me di cuenta de que el Maestro Hernán no era un hombre muy alto. Él percibió que yo lo medía y sonrió. Los seres evolucionados van prescindiendo del cuerpo, dijo. Me puse roja por enésima vez en esa tarde extraña.

El Maestro Hernán tomó la espada acero con la que descuartiza su ego y la puso suavemente sobre mi cabeza. Y así habló:

"Venerable Lakhsmi me has nombrado, mas soy apenas y humildemente un Fermín, un Terrible Guardián Astral que mira de frente al Sol envuelto en llamas. Un avatar temporario en el fin del milenio. Con la energía atómica Cristónica ahora ejecuto esta Unción del alma eterna de la criatura Genoveva Bravo Genovés. Purificada, despierta y nueva, la criatura será lo que siempre ha sido, desde la época Polar hasta la curvatura del universo, una Isis para la Gran Era de la Restauración Planetaria. Laura Isis se llamará en este tiempo y cortará todos sus lazos terrenales. Abandonará a sus Padre y Madre físicos para ir al encuentro cósmico del

Matrimonio Perfecto con Osiris. Y si Laura Isis traicionara sus votos astrales, su corazón perecerá en el tenebroso vacío del Samsara".

Cuando dijo esto último sentí que iba a desmayarme. "El tenebroso vacío de Samsara", había leído yo en las Enseñanzas, era un modo de llamar al infierno. El infierno, además, no es un lugar con fuego incesante cocinando una y otra vez una carne que sufre y que no termina nunca de carbonizar, como me había contado Clara Luz, sino un agujero negro, sin tiempo ni espacio, una caída imparable con el estómago siempre a punto de desbordar la garganta. Una Nada tan inmensa que Saturno, insaciable, después de haber masticado mis tripas, iría en busca de mi hermano, de sus vísceras inocentes y perezosas. Yo no quería eso para mí o para Nacho. Al jurar por todos los votos que hacía, el de silencio, el del desapego de Padre y Madre terrenales, el de alquimia y generosidad, prometí que iba a llegar hasta las últimas consecuencias, como cuando hacés maratón en los festejos marianos con una antorcha en alto y la meta parece una promesa imposible, pero llegás. Samsara. No pondría jamás mi alma en ese lugar tenebroso. Jamás. *Never ever.*

En mi cuarto, esa noche, con el alma irreversiblemente elevada, me metí en el walkman para poner mis sentimientos en su lugar. *I don't want pity, just a safe place to hide/ Mama please, let me back inside.* Qué haría yo sin Mercury.

16.

Hoy es sábado. Horror. Tengo a mis dos padres herméticamente dedicados a la vida casera. Pero... la mamá de Inés telefoneó esta mañana. Inés está mal. La tienen en la casa porque se niega a estar en un hospital. En el hospital la creen loca, solo una loca le tiene asco a toda la comida, sin discriminación. A mí me provoca arcadas el almondrote, porque parece mierda de loro, pero si cierro los ojos puedo pasarlo. Inés no; a Inés a la idea de engullir, embutir, subsumir algo a través del esófago le retuerce las tripas. Su madre averiguó de una clínica en Chile donde se especializan en curar a chicas que no comen, que vomitan todo el tiempo, candidatas perfectas para la segunda parte del Exorcista. Es probable que la lleven a Chile, y de paso conoce el mar. Prometí que iría en la tarde. Y lo hice.

Antes, anoté en una libretita todas las cosas que iría a contarle a Inés para distraerla. A la pobre no le gusta leer y la tele, dice su madre, le produce horrendos dolores de cabeza. Quizás Inés sea una extraterrestre, ojalá esa fuera la explicación. La Revista Duda dice que los sobrevivientes de la Atlántida, por ejemplo, han venido a este plano para recuperar algunas cosas, y que uno de sus grandes desafíos es el tipo de electricidad que se maneja en este planeta. Una electricidad sucia, unidimensional, plagada de interferencias. Lo que tiene Inés es una patética interferencia.

Apunté la siguiente lista de novedades:

La tormenta perfecta: Livy Soler tomó venganza por mano propia. Aunque las monjas no puedan decirlo, sé que ellas aprueban este paso. No pueden tres hombres horribles hacer flamear tu mandil ensangrentado, "con la primera sangre de lo que debió ser amor" (Sor Evangelina dixit), mientras atraviesan Therox a toda velo en su vagonetota de vidrios negros como diciendo: "mírennos, miren qué machos, ¿quién puede con nosotros?". Si les sacás toda esa droga de encima estoy segura de que todo se viene abajo, tas, tas, tas, como el dominó. Livy Soler puso a uno de ellos en su lugar. Una sola bala. Buen título para una peli.

He seguido visitando al Maestro Hernán. Es genial ver la salita de rituales por dentro. Estar ahí. Hay pocos muebles y huele muy dulce, a frutas hervidas con chispas de alcohol. Pero lo mejor de todo es simplemente estar con él, escuchando las conversaciones de los árboles, aprendiendo sobre Ganímedes y lo lejos que está y los modos de llegar. Todo un mapa de navegación. Y aunque me siento como una tonta total cuando estoy a su lado, lo que más me gusta es eso, estar a su lado. A veces hacemos inhalaciones de hierbas de "percepción" y lo que se ve detrás de lo evidente es maravilloso.

El gauchito, me dijo, ¡delante de todas!, que yo tenía una "sensibilidad muy especial" para el arte. Dijo así: "Genoveva, tenés que saber que sos dueña de una sensibilidad muy especial, vos ves lo que otros no ven" (esto lo dijo antes de las hierbas de la "percepción", hay que aclarar). El gauchito había colgado en un clavo, sobre la pizarra, un cuadro de dos mujeres mirando por la ventana. Es un cuadro muy famoso, pero ahora mismo no recuerdo el autor (vivió tipo el Renacimiento, pongamos). Dos mujeres, una vieja y una joven, te miran por la ventana, directamente, con miradas pícaras. La sonrisa de la más chica es abierta, de dientes limpios. La sonrisa de la vieja no la podés ver porque ella misma se tapa la boca con un trapo. Yo dije que la vieja tenía una sonrisa desdentada y con aliento a cloaca, y seguringo que a quien miraban era a un varón, por eso la vergüenza, ¿me entendés? También dije que me parecía que la joven terminaría siendo como la vieja. ¿Por qué?, preguntó el gauchito interesado (de un tiempo a esta parte le importa un montón lo que opino, no sé si alguna vez te diste cuenta). Y yo tuve que buscar una razón enloquecida dentro de mi mente: Pues, porque porque porque... Porque están las dos solas encerradas en la ventana, dije. Al tícher, vieras, le encantó la palabra ¡"encerradas"!! Se quedó en silencio un ratito, luego le apareció una sonrisa y escribió con su mano temblorosa en la pizarra: "encerradas" y comenzó a hablar y hablar de la ventana como un motivo en la plástica y cómo las ventanas son escapes y son cárceles. Y de pronto volteó y me miró y dijo eso, "sos dueña de una sensibilidad especial". Sentí lindo, ¿sabés? Lástima que no estabas ahí para disfrutar conmigo esta pequeña victoria. Las Madonnas se mordían la lengua y la cola de zorras, y puedo jurar que no almorzaron para no envenenarse. A todas les gusta el gaucho. La única que me sonrió medio a escondidas fue la gorda con la que tuve el lío y luego cultivé el huerto, ¿te acordás? Vacaflor. Ella no me cae tan mal. Luego te hago el informe sobre el batracio. Es un lío grueso ese. Las monjas no llegaron a hablar con nuestros padres sobre "la escena del baño", pero sí finalmente citaron a mamá y aunque ella no se tragó las insinuaciones maliciosas, tampoco tuvo a bien ponerse una mordaza en el pico y le contó todo al antimperialista de mi padre. Subastar a una hija, le llaman. Dícese de la acción de vender a su hija al mejor postor. Padre dijo en el jeep, de vuelta a la casa, "solo esto me faltaba, de las mujeres se puede esperar cualquier cosa". Y yo, claro, le mandé un mensaje telepático de Alta Reciprocidad.

Padre anda más melancólico que de costumbre. Ya quiero irme. O irnos, como planeábamos hace un tiempo. Tomar un tren hasta Pocitos, Argentina y de ahí ver. Tia Lu podría darnos una mano, te apuesto. Si no fuera por Clara Luz, ya nos hubiéramos ido, ¿verdad? Ahora, por suerte, tengo un plan y un mapa diferente.

También metí en la mochila el último número de la revista *Duda*, que está buenísimo. Lo conseguí yo misma, sin sucripción. Los ejemplares viejos se pudren en la cacha de mi abuela, pero este número es brutal. Le leí a Clara Luz algunos episodios. Le gustó mucho lo del Gran Apagón de New York activado por criaturas extraterrestres desde una base subterránea, muy muy al fondo de la tierra. Después me quedé pensando en lo engañifle que es el lenguaje. La revista Duda identificaba como "extraterrestres" a seres que vivían en un mundo inferior, tenían que haber sido "infraterrestres" o, en todo caso, "intraterrestres". Cuestión de perspectiva, diría el gauchito. Clara Luz preguntó: ¿Cuántas velas habrán necesitado en esa ciudad? Otro episodio cuenta la reencarnación de una mujer judía en el cuerpo de una niña en Venezuela. Un día la niña quiebra un huevo y ahí, zas, se da la revelación. Comienza a hablar como si fuera adulta. Le dice a su padre que necesita volver a Polonia y buscar a sus hijos. El encuentro con los hijos es, obviamente, espeluznante, porque los hijos ya son grandes y hasta le han dado nietos ¡de su misma edad! Ese episodio me electrizó. El tercero es el más lindo, sobre ovnis, y tiene muchos aspectos en común con unas Enseñanzas de Ganímedes que el Maestro Hernán me da bajo estricto secreto. Las del Plenilunio de Tauro. Las he emgrapado en el cuaderno de Psiko por si las moscas. Al finalizar el milenio vendrán arcas enviadas a recoger a quienes están preparados para reiniciar una civilización distinta, con electricidad limpia y capacidad de contar el tiempo de otra manera, no linealmente como me gusta a mí. Esas arcas consiguen cambiar su consistencia molecular para atravesar distintas dimensiones. Por ahora les llamamos "objetos voladores no identificados", una sigla medio pelotuda que no expresa mucho. No sé, es difícil explicar esto. Pero volviendo al tema ovni de la revista, el episodio va sobre una pareja que es abducida por un platillo volador para que se conviertan en los padres de una nueva raza, tipo Adán y Eva, pero más psicodélico. La mujer tiene que parir en la Tierra, en un enclave geográfico específico que está cerca del Gran Cañón en Estados Unidos. Cuando los regresan a su casa, ellos no recuerdan nada, solo despiertan con las órbitas de los ojos frías, como si les hubieran puesto los globos oculares, retina, iris, nervios, todo, en el congelador. En las Enseñanzas de Ganímedes se explica que al acercarse el fin de este milenio se echará a andar la Gran Rueda Cósmica, que pone en acción fuerzas dormidas de la naturaleza. No todo estará perdido. Una nave espacial pilotada por Maestros de profunda comprensión se acercará a la órbita terrestre y recogerá a Iniciados para prepararlos y purificarlos en lejanas lunas. Estos escogidos regresarán luego a iluminar lo que quede del planeta, pues para entonces la gente habrá muerto de hambre o miedo, y será inútil acumular comida enlatada, como los duraznos al jugo o los chícharos, porque todo lo que esté recubierto por metal se pudrirá; se pudrirán las calzaduras de los dientes, el tabique de la nariz del novio de Inés, todo. La diferencia con el tercer episodio de la revista Duda es que los Iniciados de Ganímedes no borran su conciencia, al contrario, son capaces de recordar todas sus vidas, a eso le llaman "la evolución longitudinal", pues también está el otro desenvolvimiento, que es el "cuántico". Ese todavía no lo entiendo muy bien. Tema para Marzziano.

A pesar de que llovizó toda la tarde, preferí ir en bicicleta. Thor me acompañó una cuadra, ladrando y punkeando la cola, buenísimo. Le encargué a Nacho. Thor entiende.

Inés estaba sentada en la cama, apoyada en el respaldar sobre un montón de almohadas. Solo cuando sonrió estuve cien por ciento segura de que Inés era Inés y no la Llorona mexicana. Cadavérica, súper pálida y con el pelo corto, Inés parecía uno de los E.T. que salen dibujados en la revista *Duda*.

Hey, dijo. Respiraba con dificultad.

Me senté en la cama con cuidado. Tenía pena de apoltronarme de golpe y desequilibrar a Inés, que pertenece ya con todo derecho a la categoría "peso pluma". La tomé de las manos, las tenía frías y con las uñas cortísimas, sin esmalte.

¿Cómo estás?

Desesperada, dijo Inés. Pensé que por fin podría explicarme su asco a la comida, pero en cambio dijo que estaba desesperada porque la persecución de sus padres terminara. Hasta sus primos se habían convertido en cómplices y la acechaban. Había todo un complot en su contra. Se habían turnado para acompañarla durante el almuerzo y la cena y se quedaban una hora más para asegurarse de que el estómago de Inés digiriera lo que había tragado como un castigo. Porque comer es para ella un castigo abominable.

Deberías comer por las buenas, aunque sea un poquito, así están tranquilos todos.

Tranquilos todos, menos yo. Inés hizo un puchero con la boca, o al menos eso creí, pues ya cualquier gesto en su cara descarnada me parecía una mueca, una exageración de sentimientos.

Te tengo varios chismes, dije, para que mi visita no fuera una pesadez. En el fondo, igual, quería guasquearla con un colepeji de tres chorros, exigirle que comiera, que rellenara de grasa, de carne, de células esa amenaza de su esqueleto punzándole bajo la piel desvitaminada. Inés era una agresión a mi vista, pero yo la quiero. La quiero.

Cuáles, preguntó con los ojos brillantes. Eso también es rarísimo, que en toda esa resequedad de su piel y la opacidad áspera de su pelo, los ojos le brillen todo delirio y amor.

Saqué el cuadernito de la mochila y le conté con lujo de detalles todos los chismes. No la entusiasmó nada lo del "plan ovni". Dijo que seguramente en Ganímedes las chicas no tenían líos con que las persiguieran para tragar cantidades vomitivas de comida. Los ganimeños, dijo, se deben alimentar de luz o de oscuridad, da igual. Lo del gauchito le parecía bien, que me elogiara los sesos y la percepción delante de todas. También le pareció súper punkero y genial que el padre de Livy Soler la hubiera sacado de Therox en avioneta. Huir de este pueblo en avioneta debe ser mil puntos, dijo. Por fin en Therox había ocurrido importante. Livy Soler le había pegado un tiro entre ceja y ceja a su violador y eso nadie podría cambiarlo.

Inés se calló de golpe. Tres segundos. Revisó lo que había dicho. Preguntó: ¿Por qué cuando alguien hace daño a otro dicen "su violador", "su asesino", "su verdugo"? Es patético, dijo Inés. (Me había olvidado cuánto le gustaba también a ella usar esa palabra, "patético", es una de las pocas palabras leales del lenguaje).

Supongo, dije yo, que nunca más en la vida te podés olvidar de esa persona. Se vuelve tuya, pero de una manera patética. Como un esclavo.

Inés hizo otro puchero. Los carrillos se le marcaron profundamente. Estiró la mano, que ya es casi una osamenta, e hizo como que apuntaba con un revólver. ¡Bum! Cómo me hubiera gustado ver sus sesos grasosos pringando la pared, dijo.

Luego me pidió que pusiera algo de música.

Buscá Queen, dijo. A ella también le gusta Mercury, pero no lo ama tantísimo como yo. Ella prefiere a los Ramones y sus venenosos corazones sedados.

Escuchamos "Rapsodia bohemia" tres veces seguidas. Como premio a aprendernos de memoria pasajes completos de Shakespeare, Sor Ángeles nos había regalado la letra completa de los Queen. Tuvimos, eso sí, que analizar de pe a pa la intención de la letra, expresando críticas falsas, pues en realidad nos encanta ese himno. Sor Ángeles es joven y no sé si se tragó la farsa (¿cómo será el pelo de esa monja? ¿Cortísimo?).

Mama, uuuuhh, I don't wanna die, I sometimes wish I'd never been born at all... Galileo, Galileo, Galileo, Galileo, Galileo, Fígaro, magníficoooo.

Inés cantó un poco, *but i'm just a poor boy and nobody loves me, he's just a poor boy from a poor family, spare him his life from this monstruosity,* pero luego volvió a lartirle rápido el corazón. Pongamos a tres latidos por segundo. Taquicardia. Llamé a su madre. Dijo que Inés debía descansar, que ya vendría la enfermera a ponerle un nuevo suero.

Cuando me levanté para despedirme, una manchita de sangre formaba un trébol en la sábana. Inés tocó la manchita con el índice esquelético. A mí, hace un siglo que no me viene, dijo.

Y claro, es lógico. Inés no debe tener una gota de sangre en las venas. Si fuésemos mínimamente vampiras le hubiera ofrecido mi cuello para sacarla del apuro, para liberarla con el deseo de esa hambruna autoimpuesta.

Me voy, chica.

¿Volverás?

Clarísimo. Vendré por las tardes o cuando vos me llamés. Pronto saldremos de vacaciones. ¿Querés que te traiga más chismes? Los anoto todos porque a veces hay distintas versiones.

Súper.

Ya casi desapareciste, Inés, ahora podrías ponerte otras metas.

¿Vos también?

Yo también ¿qué?

¿Vas a acosarme?

No, tonta, no seas persecuta. Yo nunca. Es más, hay algo que no te he contado, algo sobre el asunto de los ovnis, me da no sé qué... Es algo loco. Una decisión radical...

Cruel. Perra cruel. Contame un poco.

Ya viene tu enfermera.

Un poquito...

No es nada. Yo también estoy pensando borrarme.

¡¿Tenés un novio?!

¡No! Eso jamás, qué asco. Solo estoy pensando en irme.

Irte...

Con Nacho.

¿Y tu abuela?

Ya veré, está malita. Apenas respira.

Igual que yo.

No, bruta. Igual que vos no. Vos vas a ponerte bien, hacele un poco de caso a la gorda. Clara Luz es viejinga, enooorme diferencia.

Inés me abrazó, sentí su esqueleto cálido, amoroso. Le pasé la mano por la espalda y ella se quejó un poco, escuché la respiración aviejada, como de gato. Quise quebrarla, partirla en dos para acabar con todo, crac, y quién sabe meterla doblada en mi mochila como a una muñeca de trapo, de arroz y arena, junto a las cosas que me llevaré a Ganímedes cuando venga la nave a recogerme.

Chau, le dije.

Meté rápido estas frutas en tu mochila, son para Clara Luz, dijo.

Me concentré en las manzanas y duraznos que le habían puesto inútilmente en un plato, sobre el velador, para que Inés no viera mis ojos líquidos.

Entonces ella suspiró y dijo también:

Chau, Gen.

De vuelta en la bici, sin importarme que la montura se manchara con mi sangre, silbé un poquito de Queen. Papá odia que yo silbe. Solo los albañiles silban, dice anti-izquierdistamente. Inés no se había acordado de mi cumpleaños y pensé que era mejor así, un tiempo sin marcas, un tiempo total. Silbé entonces con más energía, como inflando el universo con mi hálito, llenándolo de mí y de todo lo que me dolía. *Friends will be friends.*

17.

Después de la Iniciación fue que entré en la cuenta regresiva y que tomé la decisión de soltar a Clara Luz. Y esta semana los días se desprendieron del tiempo. Además, yo ya no soy una niña o una púber. Cada noche he cerrado los ojos para pensar en el Maestro Hernán, en su mirada, en el tono de su voz, en su aliento oscuro. Su aliento es como un olor a piel, no se me ocurre ahora ninguna metáfora. Estoy casi vacía. Las palabras me estorban. Patético, paradójico infame, atroz, trotskista, social materialista, rockero-comunista, nada tiene sentido. Él me exige la contemplación del mundo tal como es. Eso implica alejarme también de mi diario.

La primera cosa que decidí contemplar fue a Nacho. Dormía con los bracitos sobre la cabeza, como un bailarín. Era difícil verlo sin "el velo del amor", quedarme con los ojos inflamados, parecidos a los de un sapo, (pero sin la gelatina asquerosa con dosis de mierda del batracio que cagó Vacaflor), el cuellito grueso, la flacidez de sus piernas que no se deciden a caminar. La contemplación comenzó a dar frutos de a poco. De pronto percibí una marca que nunca antes le había visto a mi hermanito. Una manchita informe y marrón, como espuma de Coca Cola, en su tobillo regordete. Era la marca de un elegido. No todo estaba dicho sobre Ignacio Bravo Genovés, mi hermano, y si lo abandonaba, todos en la casa, incluido él, iban a tomarse en serio su idiotez. ¿Qué debía hacer? El Maestro Hernán me había dicho que debía meditar profundamente sobre Nacho. Él y yo, dice, somos expresiones de una misma energía, eso se nota con solo mirarnos. Madre y yo, en cambio, hemos concluido con todo. Ya nada queda pendiente. ¿Debía dejarlo? Tenía en mi poder un mapa karmático y yo sería la dibujante, la que trazaría las fronteras. Padre y Madre terrenales quedarían fuera definitivamente.

A Clara Luz no podía llevarla. Pero tampoco podía dejarla en el largo umbral de su agonía. No así. No a merced de sus llagas, en infinita cuarentena como una leprosa. ¿Estaba dispuesta a cargar con ese "corte cósmico"? Así le había llamado el Maestro Hernán a la interrupción del hilo de plata de Clara Luz.

La decisión no fue tan difícil. Cuando ves más allá de vos misma, ninguna decisión es difícil. Sin querer, sin buscarlo, la sombra de Laurita Vicuña se proyectaba de una manera específica sobre mí. Ella, a sus doce años, había sido capaz de ofrendar su existencia terrenal para salvar el alma de la madre adúltera. Cuando vio que las piedras en el zapato no eran una ofrenda suficiente a los ojos de Dios, se llenó de valor y entregó su vida. A Dios le gusta ese tipo de ofrendas. Su canibalismo es silencioso y paciente. Y ahora, con una que otra variante, aguardaba también por mí.

Supe lo que tenía que hacer y hoy, esta noche, lo hice.

De algún modo, según me lo había explicado el Maestro, debía obtener su consentimiento. Ella, mi abuela, también tenía que estar de acuerdo y dar el paso juntas. "Serás como su partera", me había explicado el Maestro Hernán, y me había contado la historia de su propia madre, que siendo partera se había echado sobre los hombros gran parte del karma de los que acababan de nacer. "Porque quien ayuda a nacer, ayuda a morir". Yo tenía que distribuir en partes iguales el peso de la energía interrumpida de Clara Luz. Ella tenía que cortar, a través de mi mano, el cordón cósmico.

El cordón se fue rompiendo con la palabra. Cuando ella dijo primero "Gen", tosió, tragó flema y luego dijo "Eva".

Para entrar a su pieza yo había tocado la puerta. Tres veces, como si entre Clara Luz y yo hubiese este tipo de códigos.

Hacía una semana que Clara Luz ya no podía respirar ni por un segundo sin el tanque de oxígeno, de modo que apartó la mascarilla y dijo, con su voz de bruja buena, que por qué pedía permiso para entrar a su cuarto, que no fuera mentecata. Pasá de una vez, que me asfixio, dijo.

No, no podía dejarla así, asfixiándose.

Entonces le expliqué. Le dije que me iría, que me llevaría a Nacho.

¿Descubrieron lo del feto? ¿Acaso no lo quemaste?

No, no es por eso.

¿Te vas con... ese hombre?

No es un hombre, dije. Me callé un momento. Todavía la incredulidad me corrompía. Aprendí que la corrupción de la fe y de la fuerza empieza por ahí.

¿No?, dijo ella despacingo, tímida. Sentí que Clara Luz reía bajo su mascarilla. Reía como una niña.

No. Él es... un Iniciado.

¿Un qué?

Un espíritu superior, Clara Luz, alguien en quien podés confiar.

Ya veo.

Probablemente me creía. Probablemente ya no le importaba.

Me ardía la garganta, pero no iba a ponerme a llorar,

a debilitarme. Clara Luz se merecía toda la fuerza de mi decisión. Mi compañía completa, sin mezquindades. Saqué de mi bolsillo el cigarrillo de salvia que había armado con una hoja de dibujo y lo prendí. Inhalé hondo.

¿Querés?, le guiñé un ojo a Clarita.

Aparté otra vez su mascarilla y le acerqué la salvia. Clarita aspiró hondo. Tosió como endiablada, pero luego quiso chupar un poquito más de esa salvia bendita.

Cuando mi abue comenzó a hablar en latín entre risitas, supe que estaba lista. Tomé firmemente el tanque de oxígeno y me abracé a él como a un amigo. Todo, en ese momento, era un signo vital. Todo respiraba y se volvía sensible al toque de mis manos. Mis manos culpables y valientes. Yo era el revés del Rey Midas. Su contrario. El contrario del mundo. Mis manos siniestras pudriéndolo todo.

Cerré la llave del tanque. Besé las manos venosas de Clara Luz, le acaricié un momento los pies, que estaban fríos, pero luego me aparté. La propia Clara Luz me había contado, cuando me transmitía las mañas del vudú, que el alma sale por los pies. Le acaricié el pelo blanco y fue entonces que ella dijo "Gen", que tosió, y luego dijo "Eva".

Buen viaje, abuela, dije desde la puerta, aplastando mi nariz en la malla milimétrica.

Thor también lloraba.

A Thor no puedo llevármelo.

Son las diez de la noche. La niñera ya no está. Madre no ha regresado de donde sea que haya ido. Padre dormita en la mecedora del patio, estremecido por los primeros síntomas del Mayaro.

Meto la cara en mi almohada. Intento no llorar.

Saco el diario y escribo un poco. Mi letra ha cambiado, ha perdido redondez. Debe ser el miedo. Nadie dijo que sería fácil. Me distraigo pensando en el lienzo de Madre que el Maestro Hernán tiene en su poder. Ella está desnuda y tiene a Nacho entre los brazos. ¿Ella también es una Isis?, le pregunté. El Maestro Hernán sonrió y dijo que no, "ella está atada al instinto". Imaginé a Madre con enormes grilletes en los tobillos, una especie de Laurita Vicuña de los infiernos.

18.

Es casi media noche y Padre sigue en el patio. Aprieto mis ojos para enviarle un mensaje telepático al Maestro Hernán: tardaré un poco, pero iré. El mensaje viaja en lo astral. Intento rezar en latín un Paster Noster o repetir un mantra de las Enseñanzas. Otra vez se me mezclan las oraciones. Voy a extrañar a la Auxiliadora. Copiaré su forma de mirar.

Mi letra ahora alargada, como una lengua de fuego, escribe:

Es horrible despedirte. Y al mismo tiempo saber que te vas a ir, que estás cortando los hilos, te hace abrir los ojos. Ese tercer ojo del que hablaba mamá, del que habla el Maestro Hernán. Las personas se ven más claras, más verdaderas, y ya no importa tanto todo lo mal que te han tratado quizás sin darse cuenta. Con la cantaleta de que vos deberías ser todo lo que ellos no pudieron llegar a ser aprovecharon de castigarte por sus propias fallas. Esa es mi teoría.

Nunca he robado. No robos serios, quiero decir. Hasta hoy. Padre guardaba unos ahorros en una caja de zapatos, en el compartimento superior del ropero. Yo lo sabía porque una vez, mientras ayudaba a cambiar a Nacho, vi con el rabillo del ojo cómo se escupía los dedos para contar los billetes pegajosos. Antes, cuando no era posible cambiar pesos bolivianos a dólares debido a la hiperinflación, Padre guardaba los kilos de billetes en talegas de arroz. Con tres talegas pagaba la pensión escolar. No sé qué planes tendrá ahora, pues papá es una de esas personas que detesta hacer planes o cultivar algún sueño concreto. Su gran sueño es la utopía de un mundo en el que el precio, esa "marca de la bestia del capitalismo", sea el resultado del valor real de las cosas. Una manzana vale por sus nutrientes y algo por el estilo. Una manzana en un árbol es de todos, como la lluvia. Abel y Caín tienen idéntico derecho a darle un mordisco. Reciprocidad marxista. ¿Para qué entonces ahorra? Tal vez solo Madre lo sabe. Tal vez no. Pues aunque, según él, hemos gastado un dineral en los medicamentos de Clara Luz, lo cierto es que mi abue tenía sus propios ahorros y hasta su tumba, sí, suena a mierda, pero hasta su tumba está pagada, con su propio dinero de los rezos y el vudú.

Y respecto al vudú: aquel día que volví de ver a Inés, de darme cuenta de que ha decidido pulverizarse como un vampiro a la luz de la mañana ante los ojos atónitos de su familia, desmaterializarse, desintegrar sus dosis de calorías en partículas que flotan en el aire, no engordar jamás, y ya sabemos lo que "jamás" significa en nuestra leyes, en nuestros pactos, en el alma de Inés del modo en que conozco a Inés, pero al mismo tiempo del modo en que no la conozco, aquel día tomé la muñeca de trapo que ella diseñó en la clase de Manualidades el anteaño pasado y que me dio como un regalo de amistad eterna, la tomé y la doblé por la mitad, exactamente por la cintura. Fue un impulso. Sentía una mezcla de rabia y ganas de morir. Una mezcla que no podía clasificar en grano bueno y grano malo. Inés había costurado muy bien los botones negros en la carita de la muñeca y había dibujado dos puntingos por nariz. Seguramente le pegó una boquita de tela de pana roja, pero no estoy segura. Quizás allí nunca hubo nada. Las monjas dijeron que ese era un estilo japonés, esa incompletud. Mientras la doblaba, comprendí mejor porqué Clara Luz dice que el vudú es también una religión, un extraño acto de amor y de fe. *Figura umbrana aeris, foetor cadaverum viginti cubiculum aurarum veris volumina fumi putidi species generis veri.* Metí a la muñeca japonesa en mi mochila, para no olvidarla, y ahora mismo está allí, al fondo, doblada, quebrada, invertebrada, incapaz de dar besos.

Pero estaba escribiendo sobre el robo. Es que quiero dejar todo en claro ahora que deberé ofrendar el cuaderno. El Maestro Hernán dice que esto, estas páginas, están llenas de materia, de energía y karma. Y que son mías. Un alma jamás debería permitir que su destino se fugue, se haga niebla en otras vidas. Hay que quemar el cuaderno, hay que incinerar esas palabras, dijo.

Entré de puntillas a la hora de la siesta. Era mi única oportunidad. Padre dormía con la boca semiabierta, pero no roncaba. Es extraño eso, que ronque solo por la noche, como si tuviese ciclos animales. En Naturaleza vimos este tema, los animales tienen ciclos perfectos de alimentación y supervivencia, se defienden, no atacan, son muy ordenados, leales, unidad perfecta entre personalidad y cuero, y lo que los extingue es el caos. No sería del todo loco, entonces, pensar que papá ronca de noche para espantar a los posibles ladrones.

El resplandor de la ventana despuntaba en los pelitos nuevos de la barba. Me di cuenta de que algunos pelitos eran grises. Me quedé parada un ratito a los pies de la cama, para calcular la profundidad del sueño de mi padre. No se movió. Tampoco sé si era mi impresión, el tik tak del reloj en cuenta regresiva en que se ha convertido mi pecho, pero Padre tenía un algo de preocupación en la cara, como si se hubiera dormido con un dolor de muela o algo así. No tenía el ceño hecho un puñete, como cuando Nacho los desvela y a la mañana hay que usar chaleco antibalas en el desayuno, pero juro que había algo, una dureza en sus mejillas, en la quijada, que me hacía pensar que Padre no es feliz, que Padre quisiera llorar pero no puede, primero porque es hombre, segundo porque un hombre adulto no puede permitirse ese lujo, esa mariconada "entreguista", para decirlo trotskistamente. Hasta ahora se avergüenza de su debilidad la noche en que nació mi hermano, nunca hablamos de ese día, nunca. Es un *secreto natural*.

Papá tenía tres fajos flacos de dólares de veinte y cincuenta, ninguno de cien porque con los de cien hay que tener cuidado, siempre existe la posibilidad de que sean falsos. "Un falso no sirve ni para limpiarse el culo". En esa caja de zapatos estaba el sudor proletario. Me dio pena llevarme los tres montoncitos. Dejé un fajo, para emergencias. Una parte de mí quería hundirse, caer en lo que el Maestro Hernán llama la "falacia blanca" y que los demás, los que todavía no se han iniciado en el Camino de la Conciencia, conocen como "culpa". Otra parte estaba orgullosa de poder cruzar ese límite por un objetivo más grande. Casi puedo adivinar lo que Laurita Vicuña sintió cuando ofreció su vida por su madre, una emoción efervescente, una alegría que de tan alegría es casi dolor. Sentimientos inexplicables. Tomé el dinero sin culpa. Lo necesitamos y punto, y es para el bien de todos.

Ahora, mientras espero a que a que la luna se achique, a que mamá regrese de donde sea que haya ido y Padre deje de ansiarla con ese dolor horrible y ambos se acuesten y todos habiten en el planeta de los sueños, porque el Maestro Hernán dice que esa dimensión, la de los sueños, es también física aunque no nos lo parezca al despertar, reviso si tengo todo lo necesario en el equipaje. Las cosas que me llevaré a Ganímedes. Están los pañales, está la mamadera, el termo, la mantilla negra, la muñeca sin boca, mi vestido blanco de broderí que me queda a las justas pero sirve para el Gran Viaje, está el dinero, y está el mechón de pelo de Clara Luz que hace un rato, al despedirme, después de bloquear el oxígeno y besarla en la frente, le corté. Tampoco sentí culpa de cortar el hilo de plata y Clara Luz entendió. Mientras el aire se le acababa, y pese al hipo que le entrecortaba las palabras, pude escuchar mi nombre por última vez en su voz aguardentosa, su voz de cuentos, su voz de bruja, su voz amadísima. "Gen", dijo primero, y ahí se ahogó un poco. "Eva", dijo por último. Un suspiro que le nació del estómago la llamó hacia un adentro profundo, un adentro que todos tenemos, yo lo sé, y que se hace como un lago invisible al morir. Hacia ese lago de ondas concéntricas se fue el aliento final de mi abuela y seguro que allí, Clara Luz abrevaba. Porque mi abuela nunca decía "beber", ella decía "abrevar" y no era una metáfora, sino un lenguaje más bonito, de cuando Clara Luz tenía mi edad. Cerré la puerta de malla despacito. Thor lloraba afuera con vocales débiles. Cuando quise acariciarlo, agachó las orejas. Me rehuía. Tuvo miedo de mis manos siniestras.Yo lo respeté. Yo sé lo que es querer que nadie te toque. Voy a extrañarlo.

En la mochila, todo está listo y la luna también ha comenzado a enflaquecer.

19.

Dos mudadas de ropa, la espada de Samael, tres potes de conserva de frutas y un bidón de gasolina es todo lo que cargamos en la carrocería. En una bolsa de lienzo, bajo la guayabera y amarrada a la cintura, lleva el dinero, nuestro dinero. No es mucho, pero alcanza para cumplir todo, según me ha explicado.

Es una noche tibia y cuando vuelque Sur ya no estaremos aquí.

Atravesamos la carretera, pasamos por la escuela, la escuela que de noche es un monstruo triste. Therox va quedando atrás. El Maestro Hernán me ha dicho que cuando salgamos totalmente de la provincia, cerca ya de Santa Cruz, la capital, y una vez que hayamos cambiado de vehículo, entonces hundirá el pedal y dejará que la velocidad nos devore y nos devuelva en Samaipata mismo, en la gran explanada.

Viajo en silencio en el asiento del copiloto. Antes de partir hemos inhalado un poco de las hierbas de la "percepción" y aunque debajo de mi piel mi corazón late desbocado, mis sesos están en orden.

Pude salir recién a la una de la mañana, casi a gatas, cuando Padre entró a buscar alguna medicina en el velador de mamá. *Ella* no había llegado. Cargué a Nacho en la espalda, con la mantilla negra, al estilo de las cholas, y corrí y corrí por las calles del pueblo, como una loca. Mi sombra en las paredes de las casas era la de una jorobada, la de un monstruo feliz y desesperado. Nacho duerme en mis brazos.

El Maestro Hernán tiene grandes planes para nosotros.

Mi hermanito podrá encarnar al Ángel Samael.

Y yo... Yo seré una Isis.

¿A qué hora vamos a llegar?, le pregunto.

Usted no se preocupe, mamita, este es nuestro Tiempo.

¿Puedo poner música?

Mejor escuche el sonido de la noche. Aprenda a escuchar el universo. Hay estrellas explotando y universos muriendo y solo hay que prestar atención para oír tamaña hecatombe.

¿Me van a reconocer en cuanto me vean?

¿Usted qué cree?

Que sí, pues. Yo ahora soy una Isis, digo, llena de fe.

Eso, mamita. Así mismo es. La van a reconocer, la van a ungir. Esto recién comienza.

Saco el diario de la mochila. Al llegar a la explanada tendré que ofrendarlo. Voy a incinerar todas las palabras, voy a soplar las cenizas al viento, en las colinas.

¿Puedo escribir lo último?

Escriba, despídase, sonríe él.

Acomodo a mi hermanito en el brazo izquierdo, como la réplica esa de la "pietá", qué tal. Vuelven a maravillarme sus palmas limpias, sin rutas, sin pliegues. Encaramo el cuaderno sobre su cuerpito y escribo:

" ¿Cómo será un ovni por dentro? En la revista *Duda* se los ve como dos platos hondos uno contra el otro, con muchas ventanitas y luces, chorros de luz azul derramándose por la base. El Maestro Hernán dice que esa es una idea preconcebida. Un ovni puede tener una forma familiar. Hay gente que ha viajado a Ganímedes a través del tronco de un árbol, dice. No hay que hacerse tanto lío con el ovni, es solo un medio de transporte. Lo que importa es el viaje. El viaje. Nada más. Llevo a Nacho conmigo. De algún modo, también llevo a Clara Luz. Su cuerpo, la chala de su alma, se ha quedado en casa de Padre y Madre y con ese residuo tendrán que conformarse. Miro el cielo desde esta ventanilla. Mi letra es una cosa viva, movediza, por el traqueteo de la camioneta cacharra, Orión está claro, como cuando nació mi hermanito. Tengo que ir despidiéndome de las cosas conocidas. Del olor de la tierra, del viento contra la velocidad de la bicicleta, del color del pelo de Madre, de la melancolía de Padre y su voz de Marlon Brando. A cambio quizás me encuentre, en Ganímedes, con los seres que he amado. Inés, Mercury, Clara Luz, y también Thor. Muy pronto llegará la Navidad y el pueblo se llenará de luces y de una bondad pasajera. Quiero cerrar esta escritura con la promesa que Anna Frank se hizo en la penumbra de un sótano, una promesa que ahora es mía: *Si Dios me deja vivir, iré mucho más lejos que mamá, no me mantendré en la insignificancia, tendré un lugar en el mundo.* Eved. Adiós. Adiós, querido Diario. Gracias por todo".

Beso la tapa dura de mi cuaderno. Nunca más escribiré aquí. Todo está destinado al fuego.

Nacho despierta, llora, desconoce al Maestro Hernán, la cabina del vehículo. Punkea por instinto su cráneo desproporcionado, golpeándome el tórax. Le digo cosas dulce a su oído, babea un poquito, más tranquilo. Entonces

98SEGUNDOS SIN SOMBRA | Giovanna Rivero

me levanto la polera y le ofrezco mi pecho diminuto, mi pezón como una flor oscura.

Nacho se prende, gorjea, se va acomodando con las piernas fofas cruzadas, como un embrión.

El cielo, de pronto, es una cosa honda, llena de tiempo, un espejo negro de alta reciprocidad.

Así, viajando, los tres somos una nueva civilización.

CPSIA information can be obtained
at www.ICGtesting.com
Printed in the USA
FSHW021048240122
87872FS

Queen suena en la radio, faltan catorce años para el fin del mundo y Genoveva todo lo que quiere es largarse de ese pueblo chico tomado por el narcotráfico. Un día, se promete Geno en su diario, ella alcanzará la valentía de Ana Frank y entonces triunfará sobre las cosas mediocres. Atrás quedarán el trotskismo trasnochado de su padre, la incurable tristeza de su madre, las paredes húmedas de ese hogar de utopías vencidas. Se llevará en la mochila los alfileres de vudú, ese arte luminoso que ha aprendido de su abuela. Un día se irá, sí, aunque para ello deba dejar la Tierra, la galaxia, los cuerpos ingrávidos que tanto ha querido. A sus dieciséis años es justo, es legítimo, buscar con el corazón salvaje un lugar propio en el universo.

"He caminado en este doloroso retroviaje a la soledad terrible de la adolescencia. Su lenguaje me ha matado a palos. A letras".

Geraldine Chaplin
actriz de la película
"98 segundos sin sombra"

Giovanna Rivero (Bolivia, 1972). Entre sus libros destacan *Niñas y detectives* (2009, finalista de los Premios Cálamo 2010), *Para comerte mejor* (Premio Dante Alighieri 2018-Bolivia), *98 segundos sin sombra* (Premio Audiobook Narration: Best Spanish Voiceover por la Society of Voice Arts and Sciences-USA), novela que ha sido llevada al cine por el director boliviano Juan Pablo Richter. Sus libros de cuentos más recientes son: *Tierra fresca de su tumba* (2020, 2021) y *Ricomporre Amorevoli Scheletri* (Gran Vía Edizioni 2020). Fue seleccionada por la Feria Internacional del Libro de Guadalajara como uno de "Los 25 Secretos Literarios Mejor Guardados de América Latina" (2011). Premio Internacional de Cuento "Cosecha Eñe" (España 2015). Fue residente del Iowa Writing Program (2004) y de Escritores en residencia (Alcalá de Henares, 2009). Es doctora en literatura hispanoamericana por la University of Florida. Coordina talleres de escritura creativa. Vive en Lake Mary, Estados Unidos.

ISBN 9781735039978

9 781735 039978

SEd Suburbano Ediciones